俳句入門

小倉一郎の
ゆるりとたのしむ

名付け親

早坂　暁先生に捧ぐ

はしがき

初めての句をほめられて

わたしが俳句を始めたキッカケは、二十数年前のお正月公演でした。それは、楽屋でのこと。狭い地下にある楽屋は一部屋しかなく、カーテンでしきった奥が女楽屋でした。その奥の楽屋から女優さんの明るい笑い声が聞こえてきて、そのときにできたのが、わたしの最初の句です。

初芝居女樂屋の笑ひ聲

旧字・旧仮名づかいで書いたのは、深い理由があったわけではなく、単純にそのほうが俳句らしくなる、と思ったからです。実は、わたしは婆さん子で、そのせいか、旧仮名を知っているほうだったこともありました。

できた句を笑った当人である女優の松岡みどりさんに見せると、「あら、いい句じゃない。わたしの結社の月例会にもって行きましょう。連れてってあげる」ということになりました。

結社というのは、いわば俳句の同好会のことです。しかし、「いい句ね」と言われても、自分ではどこがいいのかわかりません。

聞けば、「初芝居」というのはめでたい季語で、そのめでたい季語を「中七（なかしち）」「下五（しもご）」が、よりめでたくしている。だから、いかにもお正月らしくて、いい句だとおっしゃったのです。とくに「女楽屋」が華やいでいい、同じようでも、「男楽屋」ではダメなのだと。

松岡さんが入っていたのは「炎環（えんかん）」という結社で、石寒太《いしかんた》先生が主宰でした。わたしの句を、寒太先生もほめてくださいました。

どこがいいのかを問うと、松岡さんとまったく同じことをおっしゃった。わたしは、ほめられるとすぐに木に登る性質ですから（豚もおだてりゃ木に登る）、これはオモシロイ、やってみるか、とその気になったのです。

まずわたしは、定評のある角川の『俳句歳時記』を求めました。季語や例句をまとめた事典のようなもので、合本だけでなく季節ごとに分冊された文庫本もあり、春夏秋冬のほかに新年という分類があることも、このとき初めて知りました。

歳時記を読むと、わたしたち人間は四季の中で自然に感謝しながら生きているのだということがよくわかります。たとえば、春の七草。春になり、萌え出た春草をありがたくいただきます。自然への感謝です。

また、秋も深まってくると、日の暮れるのが早くなってきます。これを「短日（たんじつ）」「日短（ひみじか）」、あるいは「暮れ早し」と言いますが、昨日まで外で遊んでいた子どもたちがいつの間にかいなくなり、わたしの家の前の公園は静かです。そんな目に映った情景や、心で感じたことを気ままに句にしていきました。

ただ、句ができてもよいのか悪いのかわかりません。そこで、先人の句集にも親しむようになりました。松尾芭蕉《まつおばしょう》、正岡子規《まさおかしき》、高浜虚子《たかはまきょし》……作者それぞれの境涯も同時に知ることでよりいっそう感慨があり、句というものの深さを思い知らされます。

自分ではできたと思っても、その発想はすでにあったりして。そうなると最初からやり直しです。見る角度を変えなければ……と悪戦苦闘の日々が続きました。

しばらくして、俳句を始めたことを脚本家の早坂暁《はやさかあきら》先生に話すと、一言こうおっしゃった。「出口はないよ」と。いくらやっても奥が深い。新たな発見があるからやめられないんですね。

俳句の材料は身のまわりにたくさん転がっています。俳句は日々の呟き。知れば知るほど、日記のようなものでよいのだと思うようになりました。

おこがましいようですが、人生とは生きている時間です。その生きている時間の発見、喜びと悲しみを書き留めていくのが、わたしの場合は俳句です。

生かされている時間、季節の中で、季語とともに俳句を記していきませんか。

二〇二〇年一月

小倉一郎（俳号・蒼蛙《そうあ》）

小倉一郎の〔ゆるりとたのしむ〕俳句入門　もくじ

一章 ◆ 俳句の魅力ってなんだろう

二章 五・七・五のリズムにのせて

三章 季節への感謝を詠む

四章 ❖ 何を詠むか、いかに着想を得るか

五章 よりよい句にするためのコツ

六章 俳句とともに東へ西へ

写真：浅野　剛
題字：小倉蒼蛙
デザイン＆ＤＴＰ：丸山尚子（m design room）

一章

俳句の魅力ってなんだろう

世界でいちばん短い文学
～五・七・五の十七音字で構成

みなさんもよくご承知のように、俳句は定型で、五・七・五の十七音字からできています。文字には漢字なども含まれますから、十七文字ではなくて、十七音字ですね。たった十七音字しかないのにこれがなかなか味わい深い。どう味わい深いかについてはおいおい述べていきますが、わたしは、俳句とは「世界一短い詩、いちばん短い文学」だとしみじみ思うのです。

文学といっても、詩とか小説とか、戯曲、随筆、文芸評論などなど、いろいろな形態があります。それらと比べても俳句はどうみてもいちばん短い。なにしろ、十七音字ですから。

短いけれども人間の心の動きや自然や世界の美しさ、時の移り変わりなどをそれは見事に表現できる。喜怒哀楽、森羅万象が表現できれば、短かかろうと立派な文学と呼んでかまわないでしょう。だから「いちばん短い文学」なのです。

例句

あはれ子の夜寒の床の引けば寄る　中村汀女

中村汀女《なかむらていじょ》の代表句の一つと言われています。この「あはれ」は、愛しいという意味の哀れであろうと。自分の布団をかけてあげようとして引くと、あまりに小さくて軽いものだから、すーっと寄って来ちゃった。母親の愛情が「夜寒（よさむ）」という一言によくあらわれています。

片陰へ子を入れ若き母が入る　川崎展宏

「片陰（かたかげ）」は夏の季語。通りのこちら側は日陰だけれど、向こう側は日が当たっている状況です。夏は暑いから、みんな日陰のほうを通る。若い母親が、日陰に子どもを先に入れて、それから自分も入りました。これも母親の愛情ですね。片陰というだけのことだけれど、それを使って、母親の気持ちを見事に表現している。女性の句かな、と思ったら、作者は男性でした。

無限の世界が広がる
～言わずに想像してもらう

なにしろ十七音字しか使えないので、あれもこれもと盛り込むことはできません。いろいろと書いていったら、すぐに字数が足りなくなります。簡単そうに見えて、実際に作ってみると、そのことをつくづく実感します。

ですから、俳句は「言わない文学」だとも言えます。

そもそも、十分に言葉を尽くしたり、くわしく説明したりするわけにはいかないのですから多くを言えません。言えないから言わない、とも言えます。

でも、そこがいいのです。すべてを説明してしまっては、その場では納得しても、案外、後に残らないものですし、野暮な話を説明するのはつまりません。

「言わぬが花」というたとえもあります。言いたいことをあえてこらえて言わずに、読み手に勝手に想像させる。これが俳句の魅力であり、おもしろさでもあると思うのです。

例句

夕蛙農婦足もて足洗ふ

森 千梅

遠くから蛙の鳴き声が聞こえてきます。農婦がたんぼ仕事を終え、川か家の井戸で足を洗っている、という句です。汚れた足を手を使わずに足で洗う。子どものころ、やったことありますよね。「夕蛙」というだけで、夕暮れどきの田園風景が目に浮かんできます。一日のお仕事おつかれさま。さあ、これから夕飯の仕度です。空には星が見えています。

飾られて眠らぬ雛となり給う

五所平之助

箱の中で眠っていた雛たちも、ひな祭りの幾日か前から雛段に飾られて、もう眠ることはありません。目を覚ました雛は、眠りについた娘をやさしく見守ってくれているのでしょう。日本映画の名匠・五所平之助監督は俳人でもありました。

あえて省略する醍醐味
～当たり前のことは言わない

俳句を作るにあたって、たとえば、花が咲いてきれいだな、月がとってもきれいだな、と詠んでもいいのですが、もともと美しいものを美しいと表現しても、それでは当たり前すぎて心に残りません。月並みです。

きれいな花や月がそこにある。その光景は、たしかに美しいことは美しいのだけれど、「あ、そう、それがなにか？」と言われてしまいそうです。

こういう句を、わたしは「あ、そう」の句と呼んでいます。つまらない、おもしろくない句の典型という意味です。

繰り返しますが、俳句というのは「言わない文学」です。限りある字数を当たり前のことを言うのに使ってはもったいない。「花がきれい」「月がきれい」は言わなくてもわかること。それをわざわざ説明することはないのです。

「省略の文学」とも言えますね。イメージを膨らますために言葉を縮めるのです。

例句

蕎麦掻くと男の箸を探し出す

上野さち子

「蕎麦掻き（そばがき）」とは、「蕎麦粉を熱湯で練ったもの」と歳時記にあります。蕎麦粉を練るのに、女物の箸では細くて折れてしまいそう。そこで、男物の太い箸を使えば丈夫だ、という句です。それをあえて言わずに、読み手に想像させているのです。

若いころに見た映画に『哥（うた）』（1972）という作品がありました。ウルトラマンなど特撮を中心にテレビ畑で活躍しておられた実相寺昭雄監督の映画です。劇中、篠田三郎さんが蕎麦掻きを食べる場面がありましたが、当時、わたしは蕎麦掻きを食べたことがありませんでした。想像としては（不味そう）でしたが、後年、初めて口にしたとき、なんと美味しかったことか。

短歌と違う奥ゆかしさ
～気持ちを直接表現しない

俳句と並び称されるものに短歌（和歌）があります。短歌は「三十一文字（みそひともじ）」と言われるように、「五・七・五・七・七」の三十一音字から成ります。

十七音字も三十一音字も大した違いはないように思われるかもしれませんが、これが大違い。三十一音字もあれば、俳句と違って、いろいろ説明することができます。

たとえば、短歌は「夏まつり よき帯むすび舞姫に 似しやを思ふ日のうれしさよ（与謝野晶子《よさのあきこ》）」というように、自分の思いや感情をハッキリ言いますが、俳句では言いません。嬉しい、悲しい、辛いといった主観的な気持ちを直接表現せず、淋しさをあらわすにも「この道や行く人なしに秋の暮（松尾芭蕉）」と詠むのです。

俳句は「いちばん短い文学」「言わない文学」。あえて言葉を削ぐことで、伝わる情感や喜怒哀楽というものがある。短い表現だからこそ、読み手の想像が膨らむ。

俳句のほうが短くて縛りがあるから、わたしなどはよけいに好きなのです。

追悼の句

——伊東英男さんサヨウナラ——

もう君の晝は見られぬか冬銀河　蒼蛙

一緒に仕事をしたカメラマンが亡くなり、わたしが送った追悼の句です。悲しいとは一言も言っていませんが、「冬銀河」という季語に仲間を喪った悲しみを込めました。

伊東さんは、映画『愛のコリーダ』などを撮った方です。原田芳雄さん主演の『われに撃つ用意あり』という作品で、わたしは初めてお会いしました。

その現場であるとき、ブツ撮りがありました。バーのテーブルの上のグラスやつまみなどを左から右にパンするのですが、経験の浅いカメラの助手さんがやると画がブレます。いまと違って、大きな重いカメラでしたから。

すかさず、監督の若松孝二さんは「おめぇーじゃダメだっつーの。イトさんやって」。流石はベテランの伊東さん、左から右にスーッと。お見事でした。

一瞬も永遠も自由自在
～時の移り変わりを詠む

日本画家・伊東深水《いとうしんすい》（故・朝丘雪路さんの父上）の「暮方」という画があります。畳の部屋があって、芸者さんが鏡台を前に浴衣を着て大きなお尻を向けて座っている。出窓のところには赤い風鈴。畳の上にはうちわが一枚置いてある。風呂上がりで、化粧はこれからなのでしょう。うちわがあることで、夕方の出の前に、ついさっきまでここで涼んでいたことがわかります。

わたしは、この絵を六年生のときに見て、あ、うちわで時間を表現しているんだ、伊東深水ってすごいな、って感動したことを覚えています。

俳句も一瞬の光景を切り取るだけでなく、時間の経過や時の流れを描くことができます。言葉一つで、いかようにも変わる。

時間といっても瞬間から何百年まで、さまざまな視点、スパンでとらえることができますが、そんな奥行きのあるスケールの大きな発想もまたよいものです。

例句

昃れば春水の心あともどり

星野立子

高浜虚子の娘の立子さん（次女）。この方の句がわたしは大好きで、「昃」は陽が西に「かたむく」という字なのに、「ひかげ(る)」と読ませて作った句。ひかげれば気持ちが暗くなっちゃいますが、これもまた陽が照ってくれれば、また元のルンルン気分に戻るわけですよね。たった一文字で、時間の経過を描いています。

薄氷のゆふべ吹きたる風の跡

蒼蛙

風の跡が、氷の上についていました。熊谷のお寺のまわりにお堀があって（元は武家屋敷）、そこに氷が張っていました。枯葉とか枯枝とかが乗っていて。早朝だったので、見ていたら、鳥取砂丘の風紋みたいなのを見つけた。それで、あ、これは昨夜吹いた風の跡なんだ、と気づいてできた句です。

不安や悩みも吹き飛ぶ
〜心のままに詠むクスリ

俳人の高浜虚子は「俳句は極楽の文学だ」と言っています。たとえ、辛い思いをしたり、悲しいことがあっても、句作をしていれば気持ちが楽になるのです。

わたし自身も経験があります。若いころ、自然気胸で肺が四回も破れて、とうとう入院して手術することになりました。将来のことなどいろいろと悩みました。ですが、そんな不安も俳句を考えるときはどこかに吹き飛んだ。入院している間、毎日俳句を作りました。いいえ、自然に浮かんでくるのです。こういうのを、わたしは「賜った句」と呼んでいます。神様がくださった句。いまはこの経験に感謝しています。

例句

点滴のまた膨らんで秋の夜半

蒼蛙

眠れないのか、老婆が病院の廊下のベンチに座り、「だーれか来ないかな、だーれか来ないかな」と幼女のようにつぶやいている。点滴が膨らんで落ちて、また膨らんで落ちて……。わたしはそれを見つめながら、将来への不安を感じていました。

傷口がいたいぞなもし鳥曇　蒼蛙

「鳥曇（とりぐもり）」とは、春の鳥たちが大陸に帰って行くときの曇り空のこと。憂鬱な気分を真顔で言うと泣き言になるので、方言で少しユーモラスにしましたが、気分は鳥曇だったのです。

点滴の膨らむ膨らむ春陽受け　蒼蛙

退院のことなど一言もふれていませんが、入院生活がもうじき終わる、そんな明るい気分が伝わってきます。それを象徴しているのが「春陽受け（はるひうけ）」という季語。季語が語ってくれているのです。

空間と時間を越えてゆく
〜スケールの大きな世界観

石田波郷《いしだはきょう》という人は、加藤楸邨《かとうしゅうそん》、中村草田男《なかむらくさたお》らとともに「人間探求派」と呼ばれた俳人で、戦中に結核を発病し、その病棟で詠んだ、いわゆる療養俳句（境涯俳句）で知られています。

——さっきまでここで話をしていた人の容体が急変して亡くなってしまう。そして数時間後には裏門から白木の棺に入れて連れて行かれてしまった。その裏門のまわりには、綿虫が飛んでいた……。

そんな状況を詠んだのが、次ページの句。句集『惜命《しゃくみょう》』に収められています。

たった十七音字の描写で、人の命のはかなさ、そして、いずれは自分も同じように死ぬ運命なのだ、という深い悲しみを見事に描いています。

限られた字数の中で、空間の広がりとか、悠久の時間というスケールの大きな世界を写し止めることができる。それが俳句なのです。

例句

綿虫やそこは屍の出ていく門

石田波郷

虫という小さな生命が元気に飛び回っている、その一方で、いともあっけなく亡くなる人間という生き物。その対比が見事です。うっとうしく飛び回る虫に苛立つように、そんなところで群れてんなよ、という声なき慟哭が聞こえてきます。

この星に間借りしてます冬銀河

蒼蛙

いままで、両親、親戚、友人たちを見送ってきました。みんな冬銀河の一つになったのだと思っています。わたしもやがてそこに加わるのだと。この地球にあとしばらく間借りさせてもらいます。「冬銀河」に似た冬の季語は、ほかに「冬の星」「寒星（かんぼし／かんせい）」「凍星（いてぼし）」「寒オリオン」「冬北斗」などがあります。

もう一人のわたしの目線
～俳号も自由に付けられる

句作に慣れてきたら、「俳号（はいごう）」をもってみるのもいいでしょう。俳人としての名前（愛称）ですね。作家のペンネームや画家の雅号にあたります。

始めたばかりの方も遠慮する必要はありません。俳句を生業としていなくてもいいのです。句会で発表したり、俳誌などへ投句するときに必要になることもあります。

もちろん、俳号をもたない俳人もいます。ただ、俳号をもつと、ふだんの自分と違った「もう一人のわたし」「作家としてのわたし」のような目線をもつことができます。

どんな人でも自分の句はかわいい。どうしても贔屓目に見てしまいますから、別のわたしになることで自分の句を客観的に見ることができる。独りよがりにならないって、とても大切なこと。俳句の上達にもつながる、と思うのです。

えっ、どうやって名付けるか、ですか。はい、自分で自由に付けることができます。本名をもじったり、関わりのある事物や好きな人の名を読み替える人もいます。

師と仰ぐような方がいれば、その先生に付けていただくといいですね。親しい友人や家族に頼んでみてもいいでしょう。いったん付けた俳号を永久に使い続ける必要はなく、出世魚のように、気が変わったら変えたっていいのです。

あの夏目漱石のペンネーム「漱石」も、友人だった俳人・正岡子規の俳号を譲ってもらったもの。その子規は、生涯で一〇〇を超える俳号をもっていたことでも知られます。「走兎」「浮世夢之助」「猿楽坊主」「盗花」「色身情仏」など、実にさまざま。

ちなみに、わたしの「蒼蛙（そうあ）」という俳号は、脚本家の早坂暁先生が付けてくださいました。

【俳号の名付け例】

○本名をもじったり、表記を変える……中村草田男（腐った男）、松本たかし（孝）

○季語や自然の風景にヒントをもらう……松尾芭蕉（芭蕉の木）、川端茅舎《ぼうしゃ》（茅葺《かやぶき》屋根）

○名前の終わりに「女」や「子」を付ける……杉田久女、竹下しづの女、鈴木真砂女、高浜虚子、山口誓子、水原秋櫻子

脚本家・早坂暁先生のこと

わたしの「蒼蛙」という俳号の名付け親である早坂暁先生。二〇一七年十二月十六日、鬼籍に入られました。

早坂先生のドラマには、よく俳句が登場しました。たとえば、『花へんろ』という作品。四国の風早町（後の愛媛県北条市、現在の松山市）を舞台に、ある日、主人公・静子（桃井かおりさん）の家が遍路の子を預かることになる。遍路のお母さんが癩（らい）病で、この娘を預かってくれ、と言って置いて行ってしまうんですね。

ドラマでは、この遍路の母を（こちらも亡くなってしまったけれど）樹木希林さんが演じました。当時、「小きりん」って呼ばれていた樹木さんの娘の也哉子《ややこ》ちゃんが、その娘役をやりました。現実には、その娘は成長して広島の女学校に通うようになり、市電か何かに乗っているときにピカドンで亡くなってしまうわけですが。

そういえば、早坂先生の別の作品『夢千代日記』の夢千代（吉永小百合さん）も原爆症という設定でした。どちらの作品も、静かに反戦を訴えています。

『花へんろ』に話を戻せば、あるとき、早坂先生にお会いした際、「先生は俳句を習ったんですか？」と聞いてみたら、「自己流」っておっしゃった。でも、ご実家が句会を開いたりする家だったそうです。たしかにドラマでも似たような設定があり、「（山頭火）先生、お酒が好きだから届けてやりなさい」っていうシーンもありました。

結局、このシーンでは、山頭火がぐうぐういびきをかいていたので、言われた少年は縁側にお酒を置いて帰ってきちゃう。そうしたら、脳梗塞の発作だったと後で知り、「わかっていたら、お医者さんに知らせたものを……」って後悔するわけです。

どこまでが実際にあったかはわからないけれど、早坂先生の自伝的な要素が多い作品だったから、少年の科白一つにも、ご自身の経験が盛り込まれていそうです。

昭和とはどんな眺めぞ花へんろ　早坂暁

「花」と「へんろ（遍路）」はともに春の季語で、「季重なり」だけれども、好きな句です。先生が作った俳句は、ドラマ『花へんろ』の中にたくさん出てきます。

美しい日本語に出会う

～柔軟で多種多様な表現

「妣（はは）」「考（ちち）」という言葉があります。いまは亡き母、亡き父という意味ですが、たった一字で意味を表現できることと、なによりも見た目の字面が美しいので、好きな言葉です。

「なきはは」とすると四音とられてしまいますが、妣の一字で「はは」と読ませて亡き母の意味をあらわすのは俳句ではよくやる手です。祖妣（そひ＝亡き祖母）、祖考（そこう＝亡き祖父）というのもよく使います。本来、中国では「先妣、先考」と書いたようですが、俳句では「先」の字を省略して一字で用いるのが一般的です。

似た言葉に「翁（おきな）」「媼（おうな）」というのもあります。これは、おじいさん、おばあさんのことですが、最近はあまり使われなくなりました。

こうした失われつつある美しい日本語に出会えるのも、俳句や和歌の魅力の一つ。せめて伝統文化の中では、残していきたいものです。

例句

たんと食えと大椀に姚雑煮雑煮

蒼蛙

わたしは、幼児期に大腸カタルで死にそうになったことがあるそうです。まったく記憶にはないのですが、小学生のころに少しでも体重が増えると、育ての母は（父の姉。生母は、わたしを産んですぐに亡くなり、同時期に父は結核で入院していました）、たいへん喜んでくれたのでした。なんでも身体にいい、と言われたので、わたしはピーマンもニンジンもグリーンピースも食べました。キライなものなどありませんでした。

あなたの「生きた証」になる
～忘れがたい大切な句

俳句を始めて二十年以上になります。これまでに三冊の句集を出しました。その中には、離婚したとき、子どもが成人し就職したときの句なども出てきます。一冊にまとまったものを眺めていると、自分史のようなものが見えてくるから不思議です。「そういえば、あのときこんなことがあったな」とか、「この句を詠んだのは、あのときだったのか」などと、俳句がさまざまな記憶を呼び覚ましてくれます。

記憶といえば、わたしには忘れがたい大切な句があります。

ふたつゆくひとつは廻り春日傘　初穂
春草に轉びて何も考へず　半兵

これは、わたしの育ての母・山下ハツヲ（初穂）と伯父・竹中賢至（半兵）の句。ふたりは俳句に親しんでいたようで、後年、夫に先立たれた義母は、手作りの小さなノートに「亡き夫の句」と題して書き写していました。

この句を知ったのは、わたしが中学生のとき。どちらもいいな、と思いました。ふたつゆく日傘を後ろから見ているのでしょう。どちらか一つが廻っている。女同士でおしゃべりをしながら、ひとりが傘を廻して歩いて行く情景が目に浮かびます。「おしゃべりしながら」なんて句のどこにも出てきませんが、そう思えたのです。

「日傘」が夏の季語ということはわかりましたが、春でも暑い日には傘を差すこともあるだろう、それを「春日傘」と言うのだなと、なんとなく理解しました。

そして、もう一つの句。わたしは最初「轉びて」を「ころびて」と読み、義母から「まろびて」だと教わりました。辞書を引くと、「まろぶ」は「ころぶ」の意味でしたが、これを「寝転ぶ」と勝手に思い込み、こんなふうに解釈していました。

――春の草の上に寝転んで、青空と白い雲を見上げて深呼吸して何も考えずにいる。しばらくこのままこうしていたい。何か自由な時間が流れている。春の晴天のよき日。

この句は、ずっとわたしの頭から離れませんでした。

俳句は、大切な人の、そして、あなた自身の「生きた証」にもなるのです。

Q：この言葉は何音？

A：声に出すと数えやすい

俳句は、十七音字で作ります。ひらがな、カタカナ、漢字、どの表記でも音の数え方は同じですが、ときどき、あれっ、この言葉は何音？　と迷うことがあります。

ここで数え方のルールを押さえておきましょう。

たとえば、「きっぷ」は何音でしょう？　二音かな。実はこれ、三音です。この小さな「っ」を促音（そくおん）と言い、俳句では、一音として数えます。

同様に、撥音（はつおん）と呼ばれる「ん」（はねる音）や、長音（ちょうおん）と呼ばれる「ー」（伸ばす音）も一音です。ですから、「うどん」は三音、「ボーナス」は四音となります。

一方、「きゃ」「にゅ」「ちょ」の小さな「ゃ」「ゅ」「ょ」は拗音（ようおん）と呼ばれ、これは一音に数えません。「でんしゃ」は三音、「しゅと」は二音になります。

これらの合わせ技で「ちょっかい」は四音、「チューリップ」は五音になります。

声に出すとわかりやすいですよ。慣れれば、苦もなく数えられるようになります。

二章

五・七・五のリズムにのせて

俳句の基本は「有季定型」
〜十七音字に季語を入れる

俳句は、とても自由なものですが、少しだけ約束ごとがあります。専門的に言うと「有季定型（ゆうきていけい）」が決まりです。これが大原則です。

有季というのは、季節をあらわす「季語（きご）」を入れるということ。季語については、おいおいお話ししますが、一つの句に一つの季語（一句一季語）が基本です。

そして、定型とは「五・七・五」という合計十七音の仮名文字数で作ること。ちなみに、川柳も五・七・五ですが、季語が入っていません。川柳は風刺やユーモア感覚などまた別の才能が必要になりますが、俳句には季語が必要です。

季語を使わない「無季俳句」、定型にこだわらない「自由律俳句」というスタイルもありますが、わたしは有季定型の俳句が好きです。初心者のうちは、基本を身につけるためにも、俳句は有季定型、と覚えておきましょう。

では、季語はどこに入れるのか。五・七・五を三つに分けて、上五（かみご）、中七（なかしち)、下五(しもご)あるいは座五(ざご)と言いますが、これらのどこに入れてもかまいません。同じ季語で、少なくとも三通りの句が作れるということです。

●俳句の大原則　有季定型……五・七・五の定型に季語を一つ入れる

上五/中七/下五(座五)　↓　○○○○○/○○○○○○○/○○○○○

※俳句を表記するときは、五・七・五の間(/)は空けず、一行で縦書きにします。句読点は付けず、十七音字の数え方にもルールがあります(↓36ページ)。

例句

蕎麦の花汽笛は山を越えてくる　新免弥生

ただ白きそは蕎麦の花奥会津　山口青邨

錆吹きし木挽きの鋸や蕎麦の花　蒼蛙

「蕎麦の花」は秋の季語。「歳時記」や「季寄せ」には、和歌以来の伝統的な季語から現代の新しい季語まで、いろいろな季語が載っています。四季折々の事物や日本の年中行事などもわかるので、読み物としてもたのしめます。

七五調の「調べがいい」句
～声に出して詠んでみる

俳句は韻文（いんぶん）であり、声に出して詠んだり聞いたりするものです。だから言葉の調子やリズムが大切。五・七・五の七五調が大事なんですね。

そもそも日本語はだいたい七五調でできています。わたしも仕事で台本をもらって科白（せりふ）を覚えようとするときに、何か言葉が足りないように感じることがあります。よく見てみると、七五調になっていないから言いにくいし、覚えにくい。反対に、言葉を足すと、言いやすく覚えやすくなる科白もあります。脚本家の山田太一先生などは、自分でしゃべってみて書いていたそうです。木下恵介監督もそうでした。だから、科白が覚えやすいし、言いやすい。

芝居は声に出して再現するものですが、俳句も声に出して詠むんだ、ということです。いい句のことを「調べがいい」という言い方をします。いい句だね、調べがいいから覚えやすいし、読みやすいよ、っていう意味です。

例句

地芝居のべべんと入る泣き別れ　蒼蛙

収穫を終えたころの秋のお祭り。神社などで地元の人たちが演じるお芝居（歌舞伎）を「地芝居（じしばい）」と言います。「べべん」というのは、三味線の音。舞台から衣装、小道具まで自分たちが中心になって作り上げるのが地芝居のたのしさです。

地芝居のお軽スリッパ履いたまま　蒼蛙

これも地芝居の句。句に詠んだのは、『仮名手本忠臣蔵』の五段目と六段目にあたる演目「お軽・勘平」。わたしもスリッパを履いたまま、舞台に出かかったことがありました。

寄り道エッセイ

脚本家・山田太一先生のこと

一九七三年にTBS系列で放映された名作ドラマ『それぞれの秋』。脚本を手がけたのが、山田太一先生です。山田先生は、当時俳優としてまだ無名だったわたしを抜擢してくださった大恩人。このドラマに出たことで、多くの方に名前を知ってもらうことができ、わたしにとっては記念すべき作品となりました。

物語の舞台は、平凡なサラリーマン家庭。両親（父・清一＝小林桂樹さん、母・麗子＝久我美子さん）、兄（茂＝林隆三さん）、妹（陽子＝高沢順子さん）という家族構成で、わたしは、次男で気の弱い三流大学の学生（稔）を演じました。

定年間際でいつも疲れている父に気を遣いながらも、子どもたちには目が行き届かない母。がさつで仕事の自慢話ばかりをする兄に、次男は辟易としている。妹は高校生だが、不良グループに入ってしまい……。家族の心はバラバラで、すれ違うばかり。けれど、さまざまな出来事を経て家族の絆や思いやりに気づかされていきます。内容もさることながら、全編を通して次男の目線で進んでいくスタイルが画期的でした。

このあとも、山田先生の『ヨイショ』『もうひとつの春』『ちょっと愛して』などの作品に出していただいたんですが、いつも脚本が素晴らしかった。言葉が生き生きとしていて、なんでもない科白だけれど、心に残るものがいくつもありました。

キャスティングも巧みで、俳優と演じる役の人物像が似ているんです。「なんで、オレのことがわかるんだろう?」と、脚本を渡されて、みな一様に驚いていました。

あるとき、山田先生脚本の舞台を前に、わたしは自然気胸という病気で、緊急入院したことがありました。せっかくチャンスをいただいたのに、と思うと口惜しくてなりませんでした。関係者のみなさんにも大変な迷惑をかけてしまい、もう会わせる顔がありません。鬱々とした気持ちで床に臥せっていたら、一通の手紙が届きました。山田先生からでした。書かれていたのは、わたしを気遣い、励ます言葉でした。

思いがけない手紙。何度も読み返し、そのたびに、熱いものがこみ上げてきました。ありがたいと思った。山田先生の優しさに包まれているような心地でした。

いまでもそのお手紙を大切に大切にしています。

「一物仕立て」と「取り合わせ」
～もう一つの俳句の妙味

俳句には一つの句を一つの題材で作る「一物（いちぶつ／いちもつ）仕立て」と、一つの句に二つの題材を盛り込む「取り合わせ（配合）」という考え方があります。基本的に季語は一つの題材ですから、一物仕立ては季語の題材だけで句を作ることであり、取り合わせは季語だけでなく別の題材を組み合わせて作ることです。取り合わせる題材がかけ離れている場合は、「二物衝撃」などと言うこともあります。

たとえば、「名月や」と言った後に、その美しさの説明をしてもしょうがないから、全然違うものをもってきて一句にするわけです。たとえば、こんなふうに。

名月や君も何処かで見てゐるか　　蒼蛙

わかりきったことを言うのではなく、なにか違う視点はないか、と取り合わせの妙を考えながら句を作ってみると、斬新でおもしろいものができるかもしれません。

一物仕立て

滝の上に水現れて落ちにけり

後藤夜半

途中で切れずに下五に「けり」をおいた例。「落ち（ました）」という意味です。

取り合わせ

寒月や誰かが酔ふてかえり船

蒼蛙

飲み屋から出てきたヨッパライがバタヤン（田端義夫）の歌を口ずさんでいるのが聞こえてくる、という句。寒月とヨッパライというまったく違う題材をぶつけて、あとは読み手が想像して膨らましてくれる。寒月は文字通り寒いものだけど、誰かが酔ってごきげんで歌っているから、そんなに寒くない。秋の名月ほど明るくなくても、やっぱり頭上のお月さんが静かに見守ってくれている、という冬の情景を描きました。

「切れ」はストップモーション
～余韻が心地よいリズムを生む

古池や蛙飛こむ水の音　松尾芭蕉

この句を知らない方はいないでしょう。教科書などにもよく出てきますね。

この最初にある「古池や」の「や」を「切れ字」と言います。切れ字には、「や」のほかにも、「けり」「かな」や、「なり」「ぞ」「がも」などがあります。

切れ字は、単に文字を加えて字数をそろえる役目をするものではありません。詠嘆や強調をあらわし、その名の通り、句のもつ意味やリズムに「切れ」を生み出します。

一句に一回だけ使うのがルールで、「や・かな」「や・けり」は一緒に使いません。

切れたところで余韻が残るので、いわば、ストップモーションのような間をもたせる効果があります。おのずからそこで一時停止するので、そのあとはスーっと流れていけますよね。それが心地よいリズムを生み出すのです。

例句

蛍火や五十知命を知りてなほ　蒼蛙

「五十知命」は、五十歳になり、天から与えられた天命を知ること。論語の言葉です。信長は「人生五十年……」と詠い、舞ったとされます。わたしは「蛍火や」と消えゆくものを頭に置きながらも、「知りてなほ」と生に執着しております。

草笛や自叙伝はいま少年期　蒼蛙

「草笛」は夏の季語。郷愁をもって少年時代が思い出されます。実際に自叙伝を書いているわけではありませんが、少年期から少しも前に進みません。少年時代で止まったままで……。

寄り道エッセイ

松尾芭蕉はテクニシャン

前項でも取り上げた、この芭蕉の一句。あらためて鑑賞してみましょう。

古池や蛙飛こむ水の音　　芭蕉

池に蛙が飛び込んだ。ただ、それだけのことなら「あ、そう」となりそうですが、そうはならない。「水の音」だから、どうしたというのでしょうか。

おそらく、蛙が飛び込むところを作者は見ていません。ポチャンと飛び込んだような音がしたので振り向いたら、蛙はもう水の中。波紋だけが残り、それもしだいに消え、古池だけが残って、あたりは静けさに包まれます。

作者は最初に「古池や」と言っていますが、池というのは自然にできたものですから、古いのは当たり前です。ひょうたんの形をしているから「ひょうたん池」、なまずがたくさんいるから「なまず池」などと、人はそれぞれ勝手に名前を付けて呼んでいるわけですが、わざわざ「古池」とは呼びません。

人里離れて誰も来ない、芦も枯れて折れ下がり、風にゆらゆらしている池のほとり。しーんと静まりかえっている。そう、この句は「しずかさ」を言うために、わざわざ音を使ったのではないでしょうか。


しずかさを詠んだ有名な句がもう一つあります。

閑や岩にしみ入る蝉の声　芭蕉

この句は「閑（しずかさ）や」と最初から言っています。さっきまで蝉時雨でうるさかったのに、いまはもう何も聞こえません。

「岩にしみ入る」とは見事な言い方です。急にしずかになったのではなく、徐々に鳴きやんでゆき、いまはしずかになっている。

古池の句と、この句は、しずかさを言うための句なのです。芭蕉さんは本当にテクニシャンだと思います。

切れは「取り合わせ」が大事

～切れ字一つで句が変わる

俳句は「五・七・五」の三つのパートからできていると言いましたが、これらはバラバラに集まったものではありません。たいてい「五」＋「七・五」か「五・七」＋「五」と、意味のつながり（＝取り合わせ）によって二つに分かれています。

この二つの分かれ目に「切れ字」を使えば、切れたところで余韻が残り、句に立体感や重層感が生まれます。では、どこで切るのが効果的でしょうか。

多いのは上五か中七。中七で切ると句が際立ちます。切れ字は、ほかにも少しルールがありますので、最初は、名詞に「や」をつけることから始めるとよいでしょう。「や」は下五では使いません。また、下五が「けり」や「かな」で終わる句は、途中で一度も切れないことが条件です。

上五で切れて中七でも切れているのは「三段切れ」といって、これもやってはいけません。ぶつぶつと三つに切れて、どれが重要なのかがわからないからです。

【代表的な切れ字】　＊一つの句に「切れ字」は一つ
や　……「○○や」のように○○の言葉を強調したり、呼びかける表現
けり……「～した」と、感動や詠嘆を断言する強い表現
かな……「～であることよ」という感動や「～だなあ」という余韻のある表現

例句

風船や似顔絵かきのゐる広場
蒼蛙

「や」は名詞や動詞などにつけられますが、「けり」「かな」と一緒には使えません。

――瀬川喬さんサヨウナラ――

水打って一番星の見ゆるかな
蒼蛙

京都の友人が亡くなったときの追悼の句です。「水打つ」は夏の季語。「見ゆる」は「見える」「あらわれる」という意味の古語。夕方、最初に見える星を一番星と呼びます。

きちんと「終わる」意識

～初心者は「名詞止め」がいい

俳句は、きちんと終わったほうがいいです。終わる、というのは、終止感があるということ。そのほうが落ち着きますし、収まりがいい。

「けり」や「かな」の切れ字で終わる句は、終止感がはっきりしていて落ち着きます。「～をり」「～をる」のような終わり方もいいですね。

また、末尾を名詞で止める「名詞止め（体言止め）」にすると、これも収まりがよくて、終止感がはっきりした句になります。

初心者の方は、慣れるまで「名詞止め」で作るようにしましょう。

一方、「て止め」はやめたほうがいい。「～食べて」のような止め方、これはよくありません。五・七・五で終わった感じがしないのと、「それにつけてもカネのほしさよ」なんて、短歌のように「七・七」の下の句が続きそうな感じがしてしまいます。

続きそうで続かないのは落ち着きません。散文に近いともいえます。

例句

同棲の棲の字木へん吊り忍

蒼蛙

「吊り忍（つりしのぶ）」がいかにも昭和という感じでしょう。ご存知ない方のために一応説明すると、野生のシダ植物のシノブをコケ玉のようにしたものを家の軒などに吊るしてたのしむものです。

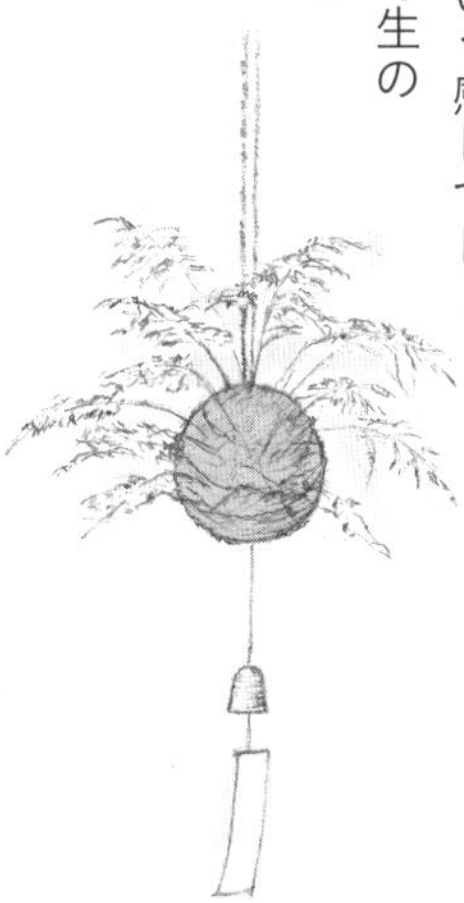

昔、作詞家で作家の故・阿久悠《あくゆう》さんが、わたしに「同棲の棲は木偏だからいいんだよね」とおっしゃいました。ふたりが住んでいるのはマンションではなく、木造のアパートのイメージです。それで思いついたのが、この一句でした。

定型に収まらなくてもいい
～字余りでよい句もある

基本の型はおおむね守っているけれど、音字が少し長かったり短かったりする句があります。「字余り」と「字足らず」です。むずかしく言うと「破調」です。

この字余り・字足らずが必ずしもダメだ、ということはありません。たとえば、「提灯屋の」と言うとき、この「の」はどうしても必要なので、字余りだからと「提灯屋」などとしてしまうと、いったん句が切れてしまって、具合が悪いのです。

こういう場合は、無理やり五音にしてダメにするぐらいなら、字余りのままでいい。五・七・五の定型に過度にこだわらず、必要なものを削る必要はありません。

ただし、字余りにするなら上五か下五にして、中七で字余りにはしないこと。中八とか中九にすると句が散文化してダレるからです。

一方、字足らずは、意味が中途半端になりがちですし、句のリズムも悪くなります。初心者のうちはやめたほうが無難でしょう。

字余り・字足らずの例句

青空の下ふくいくと蝋梅

あおぞらのもと（七）／ふくいくと（五）／ろうばい（四）

【添削後】

蝋梅や青空の下ふくいくと

ろうばいや（五）／あおぞらのもと（七）／ふくいくと（五）

声に出して読み比べてみてください。どうですか。切れ字の「や」を使って、がぜんリズムがよくなりました。十二月から二月ごろまで、甘い香りのする黄色い花を咲かせる「蝋梅」は冬の季語。晴れ渡った空が、春の訪れを感じさせます。

寄り道エッセイ

自由律の俳人・尾崎放哉と住宅顕信

散文的な句はダメよ、というのは、リズムが悪い、ということの裏返しでもあります。とはいえ、字余り・字足らずどころではなく、五・七・五とはまったくかけ離れた、完全な破調の俳句もあります。こういうスタイルを「自由律」と言います。

この自由律の句で有名な俳人に、種田山頭火《たねださんとうか》と並んで、尾崎放哉《おざきほうさい》という人がいます。代表的な句をあげると、

足の裏洗えば白くなる
淋しいぞ一人五本のゆびを開いていくよ
咳をしてもひとり　尾崎放哉

この方は、証券会社に勤めたエリートだったのですが、酒乱だったために左遷されたり、クビになったりします。そして、師匠に紹介してもらって小豆島のお寺の世話

になり、寺の掃除はもちろんのこと、托鉢に出かける生活を送ります。とうとう最後は、結核で血を吐いて、近所のおばあさんに看取ってもらって亡くなっています。

そういう境涯を知っていれば、句を読んで、ああ、苦労したのだろうな、冬は足の裏を洗えば白くなるんだろうけど、さぞかし水も冷たかったろうに、などと読み手が想像もできるけれど、そういう背景を知らずに読むと、なんじゃこりゃ、と思ってもしかたないかもしれません。

放哉の代表的な句を見ると、孤独なさびしさ、悲しみは伝わってきます。

点滴と白い月とがぶらさがっている夜　住宅顕信

こちらは、若くして白血病で亡くなった住宅顕信《すみたくけんしん》の句。白血病で入院してすぐに子どもが生まれたが、妻の実家が離婚を求めてくる。住宅さんは、病室で哺乳瓶をもって赤ん坊を育てる、という方でした。そりゃ気の毒としか言いようがありません。

プロが使う「句跨がり」

〜リズムを変えるテクニック

あるとき、「冬に入る（立冬、冬立つ）」というお題が出ました。悩んでいると、師匠の河内静魚《かわうちせいぎょ》から「〜して冬」というやり方もあると教えられてできたのが、この句。

水墨のいしぼとけ画き了えて冬　　蒼蛙

一見、字余りのように見えるし、聞こえますが、ちゃんと十七音字です。この例では、中七から下五に一つの言葉が跨がっています。こういうのを「句跨がり（くまたがり）」と言います。意味の切れとリズムの切れをずらし、あえて変則的にすることで、言葉を強調したり、句全体に深みをもたせるなどの効果があります。師匠が「プロはよくやるんだ」とおっしゃっていましたが、たしかに上級者向きかもしれません。

余談ですが、先の句は、句友の北星墨花《きたぼしぼっか》さんと墨絵教室に通っていたとき、墨花さんがお地蔵さんを描いていたのを思い出してできた句です。

例句

海暮れて鴨の声ほのかに白し

松尾芭蕉

暗くなってきた海に響く鴨の声を「ほのかに白し」と色彩で表現したところが、名人のすごいところ。リズム上は「海暮れて／鴨の声ほの／かに白し」と中七と下五に言葉が跨がり、意味上の切れとは違うところで詠むことになりますが、この独特の調べが、独創的な発想を、より強調する効果があるんですね。

算術の少年しのび泣けり夏

西東三鬼

居残りなのかわかりませんが、算数ができなくて泣いている少年。それとも、夏休みの宿題なのかな。こちらも句跨がりで、最後に、そっけなく「夏」と置いたところに余韻が生まれました。名句です。

便利な接辞（接頭語・接尾語）
～言葉の意味合いに変化をつける

言葉として単独で使われることはありませんが、ほかの言葉について意味を添えたり、語調を整えたりするのを「接辞（せつじ）」と言います。

接辞には二つのパターンがあって、「うら悲し」「さざ波」「小母さん」のように言葉の上につけるのを「接頭語（せっとうご）」、「暑さ」「深み」「海っぽい」「効果的」のように言葉の下につけるのを「接尾語（せつびご）」と言います。言葉の意味合いに少し変化をもたせるのに便利なので、覚えておくとよいでしょう。

この接辞を季語に応用することもできます。たとえば、「日傘」は夏の季語ですが、春でも暑い日があって日傘を差すことがありますよね。こんなとき、日傘に春という字をつけて「春日傘」とすると、春の季語になります。

そうそう、以前、こんなことがありました。

俳優の小林桂樹さんの妹さんで、マネージャーをやっていらした容子さん。その方が「俳句を見てくださいませんか」とおっしゃったので、「はいはい」と。

春日傘少し猫背の姉に似て　小林容子

いい句ですね。「本当に猫背のお姉さんに似た人を見たのですか?」と聞くと、「ええ、遠くを行かれるお姿を見て。実際には日傘は差していなかったけれど……」と。ただ、その女性のちょっと猫背の感じが、亡くなったお姉さんに似ていたそうです。

遠くですか。それなら「遠日傘」っていうのはどうですか、とアドバイス。そしたら、「そのほうが遠くも表現できていい」っておっしゃって結局、こうなりました。

遠日傘少し猫背の姉に似て

「遠日傘」は夏の季語。この「遠」という接頭語は、たとえば「遠夜汽車」「遠花火」などと使います。「遠蛙」とすると、遠くで蛙がゲロゲロと鳴いている様子を想起させて、田んぼの広さや空間の奥行きが表現できます。なお、夜汽車は季語ではありませんが、花火は秋、蛙は春の季語なので、遠花火も遠蛙も季語になります。

寄り道エッセイ

七ツ下がりと木瓜の花

以前、出演したドラマで、こんなシーンがありました。

渡辺裕之さん扮する寿司屋の小僧が店の外を見て「親方、雨が降ってきました」と言う。すると、小林桂樹さん扮する親方が「もうのれん、入れろ。閉めちゃえ。七ツ下がりの雨は止まねえ、って言うからな」というやりとりでした。

本番を了えた後に、小林さんが「小倉くん、七ツ下がりってな〜に？」っておっしゃる。わたしも知らなかったから、その場では「調べます」と返事して……。

そうしたら、広辞苑に載っていました。「七ツ下がり」というのは、昔の時刻のことで、いまでいえば午後四時を過ぎたころ。もうそのころには、たとえば、大工さんは仕事をお仕舞いにして家に帰っちゃうころだと。それで、五時にはもう夕飯を食べている、で、後はもう暗いから寝ちゃう、そういう時間感覚ですね。

七ツ下がりのころから降る雨は、止まないで夜通し降り続く、という意味です。

それで後日、小林さんに「調べました。こういう意味です」って報告しました。

さらに時刻の意味のほかに、タンスを開けたら亡き母の着物が色褪せちゃってると き、「あーあ、着物が七ツ下がりになっちゃって」と言ったり、それから「おい、い い女だな」「何言ってんだ、あれはもう七ツ下がりだよ」っていう、つまり年増の女 性を指して使う場合もあるそうで……。という話を、小林さんのマネージャーの容子 さんの前で話したら、「わたしは七ツ下がりですね」とおっしゃって。あぁ、女性の 前で言うんじゃなかった。わたしの大失敗でした。

それと、木瓜（ぼけ）の花というのを、わたしは知らなかったのだけど、あるとき、 セットの大きな壺に、無造作に挿してあった赤い花があって、これ、なんだろうな、 梅の花にしては花びらが丸くなってるな、と思っていたら、女優の浅茅陽子さんが「こ れは木瓜の花よ」と教えてくれました。

更紗木瓜七ツ下がりの雨となる　　蒼蛙

白木瓜、緋木瓜、白と緋が混ざったのを「更紗木瓜（さらさぼけ）」と言います。

文語と口語、どちらがいいか

～一句に混用することなかれ

俳句を、口語（体）で作るか、文語（体）で作るか、という問題があります。口語とは、読んで字の如く、ふだん口にしている「話し言葉」のこと。文語というのは、その口語の反対語で、「書き言葉」という意味と平安時代の貴族が使っていた「古い日本語から来た言葉」という意味があります。俳句で文語という場合は、古い言葉づかいのことを指します。

決まりはなくどちらを使ってもかまいませんが、ごちゃまぜはいけません。文語なら文語、口語なら口語というように、いずれかにそろえて作るのが基本です。

実際には、文語のほうが五・七・五のリズムに合わせやすい、歴史的仮名づかい（旧仮名づかい）で字面にも雰囲気があるといった特徴があるため、使う方が多いです。わたし自身も、文語や歴史的仮名づかいを好んで使っています。

ちなみに、同じ七五調でも、現代短歌では口語が主流になっているようです。

例句

文読んで春の陽射して睡氣かな

【添削後】

文読みて春の陽射して睡氣かな

蒼蛙

わたしが初学のころ、俳句誌の「金子兜太の俳句添削塾」に載った句です。「文（ふみ）」も「かな」も文語ですから、「読んで」ではなく「読みて」にならなくてはいけない――このとき、注意を受けたり、ほめていただいたことが、わたしの現在につながっているのだと感謝しております。この添削塾は、後に同名の単行本になりました。たくさんの方の句が載っていて参考になりますよ。

Q：語彙を増やすには？

A：推敲に役立つ類語辞典

俳句は奥が深いものだと、多くの人が口をそろえて言います。その理由の一つに、日本語そのものがむずかしい、ということがあります。むずかしさにもいろいろありますが、あることを言うのに、別の違った言い方がある。たとえば、「黄昏どき」という言葉。同じ時間帯のことを表現するのに、「夕」「宵」「夜」あるいは「夜半」など、いくつもあるから悩んでしまいます。どの言い方、どの言葉を選ぶのか、よくよく考えて吟味しなくてはいけません。

そこで利用したいのが、「類語辞典」です。「シソーラス」とも言います。同じ意味の言葉、似たような言葉を探すことができるので、とても便利です。これを使わない手はありません。わたしも電子辞書に入っているので、よく利用しています。

こういう辞典をながめているだけで着想を得ることもあります。あ～こんな言い方があるんだ、おもしろい言葉だな、という発見から新しい句が生まれるのです。

三章

季節への感謝を詠む

季節への感謝を詠む

〜人は自然とともに生きている

俳句は季語を使うのが決まりですから、季節の移り変わりを詠むことは、とても自然なことです。正岡子規は、季語で四季を連想することが大切だ、と述べました。また、高浜虚子は「花鳥諷詠（かちょうふうえい）」といって、俳句の主題は四季を反映した自然や人々の生活であるべき、と説いたそうです。

そんな大先生たちに教わるまでもなく、わたしたちが住む国は自然に恵まれており、四季折々の花や食べ物、風景の変化を日々肌で感じて暮らしています。

季節の移り変わりに接して、心が感じたこと、動いたことを俳句にあらわす。ですから俳句は、季節への感謝を詠むことだともいえます。

去年、桜の句を作った。そして一年が経って、今年も元気に桜を見て俳句を詠むことができた。無事に年齢を重ねたことへの感謝の気持ちが、また桜の句を作らせるのです。

例句

夕桜出会った命出会わぬ命

蒼蛙

ＮＨＫ松山で俳句番組収録の後、夕方から花見となりました。この地球上で出会う人の数はどのくらいでしょう。出会わない人のほうが圧倒的に多いはず。だから、出会った命は大事にしたい、大切にしたいと思ったのです。昼間の桜ではこうは思わなかったでしょう。夕桜だから、しみじみそう思ったのです。

咲き満ちてこぼるる花もなかりけり

高浜虚子

松山での俳句番組の主宰は、星野椿先生でした。椿先生のお祖父さんは高浜虚子。その虚子が詠んだ桜の句を花見の席で教えてくださいました。それがこの一句。満開になったばかりの様を詠んだものです。

季語は「賜る」もの
～慣れ親しむことが第一歩

長く俳句に親しんでいるわたしでも、さすがにすべての季語を覚えているわけではありません。でも、句作のときにイメージぴったりの季語を見つけるため、アタマの引き出しを増やす努力はしています。

たとえば、ふだんから「歳時記」などを眺めて親しんでおくといいですね。そして、気になったものを見つけたら、手帳に書き留める。習慣にすることが大切です。

そうすると、何かの拍子に「あっ」と思い出すことがあります。これをわたしは「賜る」と呼んでいますが、引き出しが多いと「季語、何がいいかな。春の風、う～ん、よくないな」などと考えていても、「そうだ、春の月だ。月が自分のことも見てくれていて俯瞰しているから、風より絶対にいい」なんて、ひらめきやすくなります。

季語探しは、賜るまで待つことも大切です。あせらずに待てば、いい季語が見つかります。神様が教えてくれるのです。

例句

開けて嗅ぎ淹れてまた嗅ぐ新茶かな　蒼蛙

たとえば、新茶というお題があったとして、ずっと考えていると、一連の流れがアタマに浮かんできます。袋を開けて、匂いを嗅いで、新茶の匂い、お湯を入れてみて、あ、いい香り。これで、一句できたじゃん、って思う。賜ったように思えるのです。

蘖や小さき口よりぱあぱあと　蒼蛙

孫の動画がスマホに送られてきました。「蘖（ひこばえ）」とは、木の切り株に葉っぱが出てきた状態のこと。成長とか誕生とか、芽生え、という意味に使われる春の季語です。最初は「早春や」としようと思ったけど、蘖がいいなあ、と。「ぱあぱあ」と言っている本人は「パパ」のつもりなんですが……。

気に入った季語から発想

～言葉を知る・増やすたのしみ

わたしはお気に入りの季語がいくつかあります。たとえば、「花筏（はないかだ）」とか「薄氷（うすらひ）」とか、字面も音もそれだけで美しい、すてきな言葉だな、と。こういうお気に入りの季語を見つけて句を作るのも、なかなかたのしいものです。

もう一つ好きな季語の例を。みなさんは、「鞦韆（しゅうせん）」をご存知でしょうか。公園などにあるブランコのことなんですが、ほかにも別名がたくさんあって、「ふらんど」「ふらここ」「ゆさはり」「半仙戯（はんせんぎ）」などもみな同じ意味です。

中国の春を招来する旧正月、春節に、女の子たちが高い大木の枝にロープを吊るしたブランコで遊ぶという習わしが元になっているそうです。冬の寒さから解放された子どもたちが、春風に髪をなびかせてブランコをこぐ躍動感が込められています。

もちろん、「ブランコ」とか「ぶらんこ」と書くこともできますが、あえてこういう言葉を使ってみると、ひと味違う雰囲気を演出できます。

例句

鞦韆は漕ぐべし愛は奪ふべし

三橋鷹女

「鞦韆（しゅうせん）」は、春の季語です。こういう強烈なことを女の人は書きますね。男にはこんな句は作れません。

ふらここや幇間坐る夕まぐれ

蒼蛙

「夕まぐれ（夕間暮れ）」は夕方の薄暗いこと。ブランコに誰を座らせようか。定年近いサラリーマンが退職後のことを考えている、という句がありましたが、わたしは「幇間（ほうかん＝たいこ持ち）」を座らせてみました。お座敷前の時間。いったい何を思っているのか……。

同じ意味でも表現は多彩

～語感や音感の違いを味わう

歳時記をながめていると、いろんな発見があります。

たとえば、「晦日（みそか）」という言葉。晦日とは月の最後の日のことで、「かいじつ」とか「つごもり」と読ませることもあります。樋口一葉の作品に『おおつごもり』というのがありましたが、これは「大晦日」のことですね。来年への期待を胸に誰もが安寧を願うこの日、除夜の鐘が打たれます。

さて、大晦日は誰でも知っていますが、「大年」「大歳」はいかがでしょう。いずれも「おおとし／おおどし」と読んで、これも大晦日をあらわす季語です。

意外と知られていないですよね。俳句の表現としては、大晦日だとありふれていておもしろくない。そんなときに大年を使ってみるとまた趣が違ってきます。

日本語には、こうした異なる表現で意味は同じものや、同じ表記で読みが異なるものなどいろいろあります。ぜひ、俳句を通して多彩な表現をたのしみましょう。

例句

大年やこんなところに正露丸　中村十朗

大掃除も終え、大晦日、大年を迎えました。この正露丸は、瓶じゃなくて一粒でしょうね。部屋の片隅に、正露丸の粒が転がっていた、そんな情景が目に浮かんできます。大年と薬の一粒の取り合わせがおもしろい、句友の句です。

掃除機が何か吸い込み十二月　蒼蛙

これは、正露丸の句にヒントをもらって作った句です。音がして何か吸い込んだようです。大事なものかもしれません。古新聞を広げ、掃除機の中身を出したりして調べたことはありませんか？　おおかた大事なものではなかったりします。

春といっても春ではない？

～間違いやすい季語あれこれ

「竹の秋」という季語があります。秋の季語かと思いきや、実は、春の季語。春先になると竹の葉が黄ばんでくる。これが秋のようなので、竹の秋と言うのです。

文字だけで判断すると季節を間違えてしまいそうな季語が、日本語には意外にたくさんあります。有名なところでは、「小春日和（こはるびより）」。晩秋から初冬にかけての暖かく穏やかな晴天のことで、冬の季語です。また、「秋の夜」は秋の季語ですが、「夜の秋」なら夏の季語になります。暑いから、窓を開けっぱなしで寝ていたところ、夜中になって「おお寒」とあわてて窓を閉める。これが夜の秋です。

「斑雪（はだれゆき）」は、「はだら雪」「はだれ野」とか、単に「はだれ」と言うこともありますが、これは、積もった雪が解け始め、地面の土色と雪の白色がまだらとなった状態のこと。そう、雪解けなので春の季語です。

俳句をやると、こういう言葉に出会えるからたのしいんです。

例句

道祖神の眠たげな顔竹の秋

渡部雅江

地方を旅すると、道祖神を見かけることがあります。穏やかで優しい笑みを浮かべていて、怖い顔をした道祖神などは見たことがありません。眠たげな顔と言われると、確かにそんな気もしてきます。

はだれゆきやらかいひいがよろしおす

蒼蛙

オールひらがなの京都言葉で作ってみました。「やわらかな日射しがよろしゅうございます」っていうこと。まだ残っている雪。ところどころ解けて土が顔を出しています。牛のホルスタインの白黒の模様のようになり、春が近いことを教えてくれます。

柔軟さも必要な季語選び
～季節にこだわらずに探してみる

句を作るとき、季語から発想するのではなくて、言い回しやフレーズを先に思いついて、あとから季語はどれがいいかな、と探すこともあります。

こういうとき、たとえば、いまは春だから春の季語から選ばないと、などと頑なに考えなくてもかまいません。もちろん、いまの季節を詠うのが自然ですが、仮に、そのフレーズにぴったりの秋の季語が見つかれば、その季語をつけてもいいのです。その代わり、句を発表するのは秋にしましょう、というだけのこと。

その句の心情や情景を季語が言いあらわしてくれるのが、いちばんグッドですね。悲しみや喜びを言葉で説明しなくても、季語が表現してくれるというわけです。

これを専門用語で「季語の斡旋（あっせん）」などと言いますが、季語は何しろたくさんあるので、最適な言葉を選ぶのが本当にむずかしい。わたしも、あとからこの季語じゃないほうがいいな、と思い直すことがよくあります。

例句

父に似て涙脆い子星月夜　蒼蛙

「星月夜（ほしづきよ／ほしづくよ）」って、童話や絵本に出てきそうな、やさしい響きがする秋の季語です。白血病で入院していた、わたしの末娘の同級生が、妹さんの骨髄の移植で治った。お父さんもお母さんも適合しなかったのに……。その話を涙ながらに語った娘のことを詠んだ句です。

よろしくね若き二人を柿若葉　蒼蛙

友人のお子さんが結婚したときの句。「柿若葉（かきわかば）」は初夏の季語。柿の葉は、月日が経つと、濃い緑で分厚くて堅いんですが、五月ごろは透けて見えそうな黄緑色です。若者とか、これからの成長とかの意味で使っています。

寄り道エッセイ

詩人・伊東静雄さんのこと

「文学忌（ぶんがくき）」というのをご存知でしょうか。

文芸作家や俳人の業績を讃えて、その忌日（命日）を、雅号やペンネーム、代表作などにちなんで偲ぶ日としたもので、一部は季語になっています。

たとえば、作家なら、夏目漱石、芥川龍之介など、俳人なら、松尾芭蕉、小林一茶、与謝蕪村などの文学忌があります（↓巻末資料184ページ）。

忌日の句を作る場合、読者にいつごろ亡くなったのかわかりやすくするために、夏なら夏の季語を入れてもいい、とわたしの師匠は言っておりました。

手元にある忌日一覧を見ると、小説家、俳人のほかに画家や詩人もあり、その中に、詩人・伊東静雄さんの名もありました。彼の「春浅き」という詩をなつかしく思い出しました。

少し長くなりますが、ここに要約してみましょう。

あぁ、暗、と言って幼い娘が「私」のいる書斎に入ってきます。

手には野で一人で摘んだ一握りの花を差し出します。

そして、その花の名を教えてと聞くのですが、「私」は知りません。

それで、これは白花、これは黄花、と言うと、「しろばなあ、きばなあ」と歌にして母のいる厨（くりや＝台所）のほうに走って行きました、と。

口語ではなく、文語で書かれたこの詩は、父と子の優しいふれあいを描いただけの内容ではありません。

いつしか暮れし机のほとり、ひじつきてわれ一刻をありけむ。

その子に「私」は訊きます。

かの野の上になほひかりありしや。

詩人の孤独、屈折した感じが暗い室に象徴されています。

わたしの好きな詩です。「静雄忌（菜の花忌）」とも言うそうです。そこで一句。

小さき壜のしろばなきばな静雄の忌　蒼蛙

天気にまつわる季語
～季節や地域ごとの呼び名もある

季語は季節をあらわす言葉ですから、天気にまつわるものもいろいろあります。「雲」「風」など一文字だけではいまいち季節感が出せませんが、季節に合わせた表現や地域ごとの呼び名など、たくさんの種類があります。「雨」にまつわる季語なんて四〇〇種類を超えるとか。また、「東雲（しののめ）」など読み方が独特なものもありますので、歳時記でそのつど確認するとよいでしょう。

たとえば、「入道雲」。もくもくとわきのぼる様は、いかにも「夏の雲」です。反対に「冬の雲」は動かずにドーンと一つところにいる雲。「秋の雲」のように風が吹いたらどこかに流れて行っちゃいそうな感じじゃなくて、そこにぽこっといる感じ。

この「冬の雲」で思い出すのが、木下恵介監督の同名のドラマです。このドラマで初共演したのが、市原悦子さん。わたしと母子を演じました。木下監督が亡くなったときも、市原さんが亡くなったときも、「冬の雲」で追悼の句を作りました。

追悼の句

――木下恵介先生サヨウナラ――

慈愛とは見守ることや冬の雲

蒼蛙

――市原悦子さんサヨウナラ――

よくとほるまたねの聲や冬の雲

蒼蛙

市原さんで思い出すのは、「お疲れさまでした」というと、「またね」って返してくださったこと。その声が実にいいんですよ。まさに、鈴を転がすような声で。

平成最後の年の一月、東京の青山斎場でのお別れ会も「またね」という雰囲気で、舞台写真がいっぱい飾ってありました。悲しいお別れじゃなくて、市原さんの人柄をしのばせる、とてもいい会でした。「またね」の声がいまも耳に残っています。

芋づる式で覚えたい季語

〜微妙な違いで表現の幅が広がる

天気にまつわる季語の話をもう少し続けましょう。

たとえば「東風」という季語があります。読みは「こち」。春の季語です。

さて、東の風があるなら、西の風、南の風、北の風もあるだろうと思えば、そう、あるんです。こういうのは、東西南北でまとめて覚えておくと便利です。

東風（こち）　西風（にし／ならい）　南風（みなみ／はえ）　北風（きた）

読み方が少しむずかしいのですが、二音や三音の短い字数で、みごとに季節感が伝わるので、表現の幅も広がります。ほかにも、時雨（しぐれ）は「朝時雨・夕時雨・小夜時雨」「春時雨・夏時雨・秋時雨」といった季語があります。ただし、「昼時雨」「冬時雨」とは言いません。ここが季語のむずかしいところです。

季語はとてもたくさんあるので全部を覚える必要はありませんが、バリエーション（変化形）を知っていれば、そこから新しい着想も生まれやすくなります。

例句

黒南風や雀色どき魚買いに

蒼蛙

「黒南風（くろはえ）」は夏の季語。梅雨の初めの黒い雨雲の下を吹く南風の呼び名で、山陰や西九州地方でよく使われています。「雀色どき」とは、夕暮れどきのこと。ちなみに、梅雨の最盛期の強い南風は「荒南風（あらはえ）」、梅雨明けに吹くのは「白南風（しらはえ／しろはえ）」などと言います。

蛇皮の乾いてをりぬ涅槃西風

蒼蛙

沖縄に行ったときの句です。「涅槃西風（ねはんにし）」は、涅槃会（ねはんえ）「陰暦二月十五日（お釈迦様の入滅（にゅうめつ）日）」のころに吹く西風のこと。この風が吹くと、寒さが戻るといいます。西方浄土からの迎え風をイメージさせる春の季語で、「涅槃吹（ねはんぶき）」「涅嵐（ねあらし）」もあります。

季語の新参者は手強い!?

～カタカナ、外来語も増加中

季語というのは一定ではなく、どんどん新しいものが追加されます。季語ですから、当然ながら季節感が求められますが、歳時記が新しく改編される際に、編集会議のようなものが行われて、新しく追加される季語が選定されるようです。

比較的、新しく生まれた季語としては、たとえば「バレンタインデー（春）」「ビーチパラソル（夏）」のような外来語があります。現代人にとってはなじみのある言葉で、句作も多いのですが、字数が多くて使いにくい季語の代表でもあります。

外来語の場合、古風な表現や訳語があれば、あえて使ってみるのも一つの方法です。

宵浅し露台へのぼる靴の音　日野草城

露台（ろだい）とはバルコニーのこと。夏の季語です。建物の屋根がなく風通しのよいところを言い、バルコン（仏語）、ベランダとも。漢字なら字数も節約できます。

出てきた当初は新語でしたが、いまは定着した季語を使った句を二つほど。

例句

萬緑の中や吾子の歯生え初むる　中村草田男

歳時記に必ず載っている「萬緑（万緑＝ばんりょく）」という季語の創始者の句です。詠まれたのが一九三九年。『火の島』という句集に収録されています。

体育の日なら青竹踏むとせむ　草間時彦

一九六四年の東京オリンピックの開会式が十月十日だったので「体育の日」が祝日になりましたが、のちに十月の第二月曜日に変わりました。スポーツつながりで言えば、「ボートレース」「ナイター」は春、「相撲」は秋、「ラグビー」は冬の季語です。

寄り道エッセイ

失われゆくものへの郷愁

新しい季語が歳時記に追加される一方で、使われなくなる季語もあります。

一例をあげると、鳥黐搗く（とりもちつく／晩夏）。鳥獣保護法という法律で鳥を捕ってはいけないということになり、言葉として歳時記には載っているけれど、鳥黐そのものを使う人がいなくなって、俳句に読まれることも少なくなりました。

わたしは、こういう消え去っていく言葉が好き、というか愛おしくてたまりません。道具としてはなくなったとしても、せめて言葉として残してやりたい。そんなふうに思うのです。消えゆくもの、失われゆくものへの郷愁かもしれません。

消えていくということでは、旧字や歴史的仮名づかいもありますね。「〜でせう」「〜やう」「〜をり」などは、かろうじて使われている表現でしょうか。

わたし自身は、昔の作家の本を読んで育ったし、育ての母が明治の人で、小さいときから旧字を読まされていたので、古風な言葉は慣れ親しんだ表現です。

以前、ある子ども向け番組で、習字の先生役を演じました。そのとき、漢字にはそれぞれ意味があるんだ、と講義をする場面があり、「恋」の旧字である「戀」という字は「糸し糸しと言う心」というふうに覚えるといいよ、という科白でした。

そして、「竝」という字は二人並んで立っているから「並ぶ」。草に良で「莨(タバコ)」。そういえば、立原正秋という小説家は、この「莨」という字にこだわっていました。わたしも一般に使われている「煙草」よりは好きな字です。

吉行淳之介さんは娼婦を描いた作家だから、「軀」という字にこだわりました。「身体」とか「体」ではイヤなんでしょうね、吉行さんは。

ついでだから、わたしも一言。「戻る」は「戸に犬が戻る」なんだ。それを「戸が大きい」では意味も何もありゃしない。テンぐらいケチケチするな、とイイタイ。

もちろん、言葉は時代とともに変わっていくものです。けっして現代の漢字が悪い、という話ではありません。けれど、本来の意味が失われたり、わけのわからない言葉ばかりになるのはいかがなものかと。せめて俳句の世界では古い言葉や表現も残したい。そうしないと、いずれなくなってしまう。そんな心配を密かにしています。

年中行事にも新しい発見
～大切にしたい日本の伝統・風習

「初詣」「節分」「桃の節句」「端午の節句」「七五三」……四季折々に行われる昔ながらの行事の多くは季語になっていて、俳句の格好のテーマになります。

とはいえ、名前は知っていても、人によってはあまりなじみがなかったり、いまではもう、あまりやらなくなった行事もありますよね。

たとえば、「迎え火」とか「送り火」などがそうでしょう。お盆のときに、ご先祖様の霊をお迎えしたりお送りしたりする行事です。

わたしの妻の実家では毎年欠かさずやるそうですが、わたし自身は、それまで経験がありませんでした。それだけに、ちょっと新鮮な体験ができたというわけです。

地域によってやり方は違うようですが、ご先祖様に乗っていただくために、茄子やきゅうりで馬や牛の人形を作る風習があります。帰りはゆっくり帰っていただきたいから牛なのだと。何気ない風景の中に、昔の人々の知恵や息づかいが感じとれます。

例句

迎え火や風に折戸のひとり明く

大島蓼太

「明く」というのは昔の人がよく使った当て字です。すーっと折戸が開（あ）いて、あ、ご先祖様が帰っていらした、っていう感じがよく出ていますよね。うまい句だなあ、と思います。

送る夜の少し萎れし茄子の牛

蒼蛙

お盆の二日間、ご先祖様に滞在していただくわけですね。そのときに、送り火で使う茄子の牛も、仏壇にお供えします。しばらく仏壇に置かれたことで、茄子がちょっとしなびちゃっている、という様子を詠みました。

季語でもっと豊かに表現

俳句は「季語（季節をあらわす言葉）」を含むことで、豊かな自然や季節の移り変わり、日常の喜怒哀楽など、さまざまな表現をたのしむことができます。

●「歳時記」や「季寄せ」を活用

「季語」は、古くは「季の詞（ことば）」と呼ばれ、高浜虚子は「季題（きだい）」と言いました。句作にあたっての主題、テーマという意味合いが込められているそうです。

現在、その数は五〇〇〇程度あり、どんどん増えています。全部を覚えるのは大変ですから、季語をまとめた「歳時記（さいじき）」を利用しましょう。

歳時記にはいくつかの種類がありますが、たいてい季節ごとに分類され、意味や使い方、類語や例句などを掲載しています。この歳時記を簡略化した「季寄せ（きよせ）」というのもあります。手元に置いてパラパラと目を通すだけでも新しい気づきがあったり、句作のヒントが見つかります。

いくつかの出版社から出ていますが、携帯するには合本は重いので、文庫判の分冊（季節別）か、電子版をおすすめします。

●表現したいことを季語に置き換える

一般に、季語は「春・夏・秋・冬・新年」の五つに区分され、それぞれ「時候・天文・地理・生活・行事・動物・植物」といった項目に分けられています。

春…立春～立夏の前日まで
夏…立夏～立秋の前日まで
秋…立秋～立冬の前日まで
冬…立冬～立春の前日まで
新年…正月（元日から十五日）

ただし、歳時記では、旧暦（太陰太陽暦／陰暦）をもとに四季が分けられているため、現在、新暦（太陽暦）で生活しているわたしたちの感覚とは、少しズレがあるものもあります（→178ページ「季節のとらえ方」）。そのため、たとえば「鯉幟（こいのぼり）」は夏の季語、「西瓜（すいか）」や「七夕（たなばた）」は秋の季語となります。

とはいえ、俳句は文学ですから、あまり厳密である必要はありません。季語を選ぶときは、ご自身の感覚と表現したいことを大切にし、発表する時期を考慮すればいいのです。

ここでは、わたしの好きな季語を中心に紹介しましょう。

春の雲（はるのくも）

天文

晴れた日の青空に白い綿のようにぽっかりと浮かぶ雲もあれば、淡く陰影のない薄雲もあります。

〔傍題〕春雲（はるぐも）

亀鳴く（かめなく）

動物

亀は実際には鳴かないのですが、藤原為家の「川越のをちの田中の夕闇に何ぞと聞けば亀のなくなり」から季語として定着したようです。

山笑ふ（やまわらう）

地理

山を擬人化したユニークな季語。春の山の明るい感じがいいですね。一般に「春山澹冶にして笑ふが如く、夏山蒼翠にして滴るが如し、秋山明浄にして粧ふが如く、冬山惨淡として眠るが如し」（南宋の呂祖謙「臥遊録」※）に由来すると言われています。「澹冶（たんや）」は「淡冶」とも書き、うっすらと艶めくといった意味。穏やかな日差しのもと、草木が芽吹いて鳥がさえずる春の山が、夏にはみずみずしい緑の木々で覆われ、秋は紅葉して化粧をしたようになる。そして冬は雪を被って、まるで眠ったように静寂に包まれる。季節ごとの山の表情をあらわしたものです。

※出典には諸説あり、北宋の画家・郭熙（かくき）の言葉とも。

〔傍題〕笑ふ山（春）／山滴る（夏）山粧ふ（秋）／山眠る（冬）

泣きに来てゐるわたくしを山笑ふ　蒼蛙

針供養（はりくよう）

行事

二月八日（京都などでは十二月）に裁縫を休み、折れたり錆びたりして使えなくなった針を供養するもの。一般に、豆腐やこんにゃくなど柔らかいものに刺して針に感謝するとともに、針仕事の上達や安全を願います。縫いものが盛んな地域では行われているようですが、ほとんど見かけなくなりました。「馬頭碑（ばとうひ）」「牛供養（うしくよう）」「魚塚（うおづか）」など生き物に対する供養はよく目にしますが、もの言わぬものに感謝する心も、わたしたち日本人が大切にしてきた文化です。

〔傍題〕納め針／針祭る／針納め

※季語のバリエーション（変化形）を「傍題（ぼうだい）」と言います。
ここに掲げたのは一例で、歳時記によって、その例は異なります。

春光（しゅんこう）

天文

春の柔らかな陽光あるいは春景色のこと。春の訪れ、気配を実感させる季語です。

（傍題）春望／春色／春の光

啓蟄（けいちつ）

時候

二十四節気の一つ。暖かくなり、冬眠から覚めたアリや地虫、蛙などが穴を出てくること。また、穴を出た地虫そのものを指します。

> 啓蟄や出は七三の鼈から　蒼蛙

舞台の花道に「七三の鼈（シチサンのスッポン）」と呼ばれるせりあがりがあります。舞台正面のせりあがりは人間が出てきますが、鼈からは、妖怪、動物などが出てきます。

雁風呂（がんぶろ）

行事

失われつつある季語です。大陸（北）のほうから冬を日本で過ごそうと、たくさんの鳥たちがやって来る。ただ一気に飛んでくるのではなく、小枝を咥え、途中で波の上に落として休みつつ。冬を日本で過ごしたあと帰っていくのですが、浜に小枝が何本か残ります。魚網に引っかかったり、野生の動物に食われたり、病気になって死んだ鳥の数だけ残るんですね。その小枝を近隣の人たちが集めて、死んだ鳥たちを供養するために風呂を焚くのだそうです。人間はなんて優しいのでしょう。わたしはとても感動しました。

（傍題）雁供養

蛙の目借時（かわずのめかりどき）

時候

「春眠暁（あかつき）を覚えず（※）」と言いますが、苗代のできるころに蛙の声を聞いていると眠くなってきます。蛙に目を借りられるからと、この時期を「蛙の目借時」、あるいは単に「目借時」と言います。

※中国唐代の詩人・孟浩然（もうこうねん）の漢詩「春暁」の一節。

薄氷（うすらひ／うすごほり）

地理

春浅いころの薄く張った氷のこと。だいぶ暖かくなって、よもや氷など張るまいと思っていた朝、思いがけなく薄氷を見ることがあります。陽気の微妙な変化をうまくあらわした季語です。

（傍題）春の氷／残る氷

梅雨晴（つゆばれ）

時候

梅雨の合間にふと日差しがさすこと。季節を感じさせる美しい季語で、多くの句に詠まれています。

〔傍題〕五月晴／梅雨晴間

夏の雲（なつのくも）

天文

夏の空に浮かぶ大きな雲。もくもくと立ち上がるのは入道雲、それがさらに発達した雲を積乱雲、大積雲などと言うようです。

〔傍題〕夏空

水馬（あめんぼう／あめんぼ）

動物

歳時記には傍題として「水澄（みずすまし）」もありますが、これは別ものでしょう。水馬はカメムシ目アメンボ科の総称。水澄はミズスマシ科の総称で「鼓虫（まひまひ）」のところに出てきます。

同じく「飴に似た匂いがするのでこの名がある」とも書かれていますが、私は西瓜の匂いがすると思っています。「飴棒」を語源とする説もあるようです。

〔傍題〕水蜘蛛（みずぐも／あめんぼ）

水馬雲から雲へひとっ飛び　蒼蛙

夕焼け（ゆうやけ／ゆやけ）

天文

夕焼けはどの季節でも見ることができますが、夏の季語です。春の場合は「春の夕焼（け）」と言います。ちなみに「夕日」は季語ではありません。

〔傍題〕夕焼雲

山滴る（やましたたる）

地理

緑がみずみずしい夏の山を擬人化した表現です（語源→94ページ）。

山だけでは季語にならないので、「春の山」「夏の山」などと季節を添えて季語にします。

麦の秋（むぎのあき）

時候

麦の穂が成熟する五月から七月ごろ。収穫期を迎え、日に輝く黄金色の穂が風になびいています。麦は、米のように夏に育つのではなく、秋に種をまかれて冬に育ち、初夏に実を結びます。

〔傍題〕麦秋（ばくしゅう／むぎあき）

蝙蝠（こうもり／かはほり）

動物

昨今は、蝙蝠を見ることも少なくなりました。下駄や草履を放り投げ、それを追ってきたところを箒で押さえて捕まえるのだと、幼いころ聞いたことがあります。ネズミのような顔をしている蝙蝠。サイパン島などではスープにそのままの姿で入っているとか。

〔傍題〕蚊喰鳥（かくいどり）

かうもりの潜り込んでる古旅館　角替和枝

女優の故・角替《つのがえ》和枝《かずえ》さんが初めて作った句です。

牛馬冷す（ぎゅうばひやす）

生活

農耕で働いた牛や馬の汗を洗い流し、冷やして疲れをとってあげるという、人間の優しさを感じる季語です。現在は、機械化が進み、こういう風習はほとんど見られなくなりました。

〔傍題〕牛冷す／馬冷す／牛洗う／馬洗う

更衣（ころもがえ）

生活

六月になったから、そろそろ夏服に「ころもがえ」しなきゃ、などと日常会話でよく使いますね。「ころも」は衣服や衣装のことです。昨今は「衣替」と書いても間違いではないものの、やはり「更級日記」の更の字を使ったほうが、それらしい雰囲気が出ます。なお、中七など文章として使う場合は「衣更えて」となります。季語の場合、送り仮名は不要ですが、文章・フレーズとして使う場合は必要です。

〔傍題〕衣更ふ（ころもかう）

衣被（きぬかずき／きぬかづき／きぬかつぎ）

生活

旧暦八月の十五夜に、団子などと一緒に供える小さな里芋。茹でて塩でいただきます。熱いうちは、指でつまむだけで、つるっと皮がむけますよね。その様子が（昔）女性が外出する際に頭から小袖をかむる姿を想像させたところからできた言葉。

名月（めいげつ）

天文

陰暦八月、十五夜の月。手を伸ばせば届きそうなほど大きな月を「仲秋名月」と言います。別名「芋名月」とも言い、団子や里芋、栗などを三方に盛り、ススキの穂を生けて、美しい月を崇めます。月にまつわる季語はたくさんあり、空が曇って月が隠れているときは「仲秋無月」「曇る名月」「月の雲」と言い、雨で眺められないときは「雨月仲秋」「雨名月」「月の雨」などと言います。

（傍題）明月／満月／望月／望（もち）の月／月今宵／三五の月／十五夜／芋名月

名月や池をめぐりて夜もすがら　松尾芭蕉

灯火親しむ（とうかしたしむ）

生活

日に日に夜が長くなる季節、家で本を読むことをこんなふうに言います。涼しくなった秋の夜は、のんびり過ごすのに最適ですよね。昔は、インターネットなんてなくて、深夜放送もなかったから、みんなよく本を読んだものです。最近はテレビばかり見ているので、自分でもいかんなぁと思う今日このごろ。

（傍題）灯火親し

秋の雨（あきのあめ）

時候

秋に降る雨のこと。初秋に暑さを和らげる雨もあれば、晩秋の冷たい雨などさまざま。春の雨に比べると、いささか長い雨も。秋の雨はどこか淋しく、風情があるからか、多くの句に詠まれています。

（傍題）秋雨／秋霖（しゅうりん）

馬の子の故郷はなるる秋の雨　小林一茶

夜学（やがく）

生活

定時制の高校や大学のこと。夜、家で勉強するのも夜学ですが、この場合は、夕刻から学校に来て学ぶこと。わたしも、定時制高校に通っていました。同級生たちはみな、年齢も職業もバラバラ。六十半ばの鉄工所の社長、三十代の看護師さん。さまざまな理由で学ぶことができなかった人たちが机を並べます。年の違う仲間たちと、クラブ活動といっても、卓球台があるくらい。そうだ、ギター部をつくろう。二歳上の幸ちゃんは、本当にミュージシャンになりました。この高校は赤字でつぶれてしまい、わたしは卒業していないのですが、よい思い出です。

（傍題）夜学生／夜学子

学友の齢まちまち卒業す　蒼蛙

新蕎麦（しんそば）

生活

まだ十分に熟していない青みを帯びた実を早めに刈り取って蕎麦にしたもの。初物が好きな江戸っ子が好んだ食べ方で、今年取れた蕎麦といった意味合いもあります。蕎麦は生育期間が短く、痩せた土地でも育つため、稲作に不向きな地域でよく栽培されています。収穫時期は地域によって異なり、一般に夏に種をまいて秋に収穫するのが「秋蕎麦」、春に種をまいて夏に収穫するのが「夏蕎麦」と呼ばれます。

（傍題）走り蕎麦／初蕎麦

踊（おどり／をどり）

生活

俳句で花と言えば「桜」のこと。それ以外は、「百合の花」「大根の花」など具体的に言います。では、踊りは何を指すのでしょうか。サンバ、ワルツ、タンゴ……いろいろありますが、「盆踊り」のことです。季語として使うときは「踊」の一字のみ。

盆踊りは本来、お盆（八月一三日～十六日＝初秋）に帰ってきたご先祖様の霊をなぐさめるためのもの。神社の境内や広場などに櫓（やぐら）を組み、笛や太鼓に合わせて踊ります。輪になったり、行列をつくって町を練り歩いたり、形式は地域によってさまざまです。

（傍題）盆踊／踊り子／踊り笠／踊太鼓／踊櫓（やぐら）／踊唄

盆唄の夜風の中の男ごゑ　森澄雄

小春（こはる／しょうしゅん）

時候

春の季語ではありません。立冬を過ぎてから春のように暖かい晴れた日のこと。「小春日和」とも言いますが、字数が少ないほうが句作はしやすいですね。ほかに、小さな六月のようだ、という意味の「小六月（ころくがつ）」とも。

〔傍題〕小春日／小春日和／小六月

日脚伸ぶ（ひあしのぶ）

時候

冬至が過ぎると、一日一日少しずつ日照時間が伸びてゆくこと。冬はすぐに日が暮れて、夜が長かったのですが、次第に春を感じられる季節になってきたということです。味わいのある表現ですよね。

> 中華街に福の切り文字日脚伸ぶ　蒼蛙

波の花（なみのはな）

地理

岩礁に高波が押し寄せ、砕け散るときにできる白い泡を花にたとえたもの。ちなみに、卯の花が咲くころ海上に立つ波をあらわす「卯月波（うづきなみ）」「卯波（うなみ）」という夏の季語もあります。

〔傍題〕波の華／潮の花（しおのはな）

> 波の花と雪もや水の返り花　松尾芭蕉

返り花（かえりばな）

植物

小春日のころに咲く花のこと。季節外れにパラパラと咲く現象で、桜、桃、山吹、躑躅（ツツジ）などによく見られます。思いがけず咲くので「忘（れ）花」とも。

〔傍題〕帰り花／忘れ花／狂ひ花／狂ひ咲き

霜月（しもつき）

天文

霜が降りるくらい寒い夜の月。穀物の収穫に感謝する行事（祭り）が日本各地で行われます。青白く寒々と照らす月は「冬の月」「月冴ゆ」「月氷る」といった季語もあります。どれも、なんだかひんやりとしてきますね。

新年 しんねん

正月（元日〜1/15）

初句会（はつくかい）

生活

年が明けて最初に開かれる句会のこと。めでたさのなか、賑やかに行われる句会です。

華やげる女人よきもの初句会　蒼蛙

鏡開（かがみびらき）

生活

正月に供えていた鏡餅を割ること。刃物で切ることは忌み嫌われ、槌などを使って割りますが、割るのも忌み嫌って「開く」と言います。

（傍題） 鏡割／鏡餅開く

ゴンと打ちゴンと叩いて鏡割　蒼蛙

女正月（をんなしょうがつ／めしょうがつ）

行事

元日を「大正月（だいしょうがつ）」「男正月」と呼ぶのに対し、一月十五日または二〇日を「小正月（こしょうがつ）」と言います。昔の女性は、正月（松の内）は休む暇がありませんでした。そのため、二月に入って落ち着いたころ、ようやく正月気分を味わえたのです。着飾って社寺に参詣したり、芝居見物をしたり、女性同士で集まって美味しいものを食べたり……。いまなら「女子会」ですね。正月の過ごし方が変わるなか、失われつつある季語です。

春着（はるぎ）

生活

正月に着る晴れ着。成人式などで見ることがあります。やはり、着物は晴れやかで美しいですね。

（傍題） 春小袖／春著
正月小袖／春襲（はるがさね）

嫁が君（よめがきみ）

動物

聞き慣れない言葉ですが、正月三が日だけの「鼠（ネズミ）」の呼び方です。めでたい正月だけは、忌み嫌うネズミも大黒様の使いだと考えて、米や餅などを供えてもてなす習俗も広くあったそうです。

三宝に登りて追われ嫁が君　高浜虚子

Q：読まない文字や記号は？

A：音でもたのしむものだから

若者に限らず、最近は年配の方でも、ケータイ電話やSNSなどで絵文字ってやつを使いますよね。喜怒哀楽の顔の表情をあらわすものなどいろいろあります。

そんな絵文字や、？！・●×ー◆「」のような記号を俳句で使ってもいいか、という議論があります。プロでも意見が分かれるところですが、わたしはこういうものは俳句で使うべきでない、という立場です。

ひとことで理由を言えば、俳句は音でもたのしむものだから、音読できない記号は使っても意味がない、と思うからです。

同じ理由で、俳句ではルビ（ふりがな）を使うべきでない、とも考えています。たとえば、歌謡曲などによく見られる表現。「女」と書いて「ひと」と読ませる。「おんな」と読めば三音字だけど、「ひと」なら二音字。まぎらわしいからルビを振るべき、と言う人もいますが、そもそもルビがないと読み方がわからないところが問題なので、ルビなどなくてもきちんと読める俳句を作るべきだと思うのです。

四章

何を詠むか、いかに着想を得るか

名句にみる着想のヒント
～独創性を追求しすぎない

せいぜい人間が考えることなんて、それほど大きく違うものじゃありません。桜の花がきれいだ、新緑がさわやかだ、名月が美しい……誰しも思うところです。だから、見たまま、感じたまま、「新緑や～」「名月や～」と詠んでいる句がもうほとんど。どうしても、ありきたりな表現に陥りがちです。

俳句用語で「類句」とか「類想」と言えば、表現や内容が似ていることです。句の趣向や考え方が似ているのが類想で、表現や言葉づかいが似ているのが類句です。両方似ていたらパクリ（?）を疑われてしまうので気をつけましょう。

独創的な句を作りたい、と誰しも考えますが、そう簡単にはいかないもの。オリジナリティを求めるあまり、手前勝手になったり、理屈っぽくなったりするからです。

そこへいくと、鷹羽狩行《たかはしゅぎょう》先生はさすがです。「新緑」という初夏の季語を使いながらも斬新な句を作りました。これこそ現代俳句だな、と感心させられたものです。

例句

摩天楼より新緑がパセリほど

鷹羽狩行

摩天楼、エンパイアステートビルに登って、セントラルパークを見下ろしたら、新緑がパセリのように見えた、という句です。同じ新緑でも、舞台をアメリカ、ニューヨークにもっていっちゃった。新緑を俯瞰（ふかん）でとらえた斬新な発想です。

灰色の象のかたちを見にゆかん

津沢マサ子

前衛俳句の高柳重信さんのお弟子さんの句。季語がないのですが、象を見に行くんじゃなくて、「灰色の象のかたちを見にゆかん」。あ、これおもしろいな、新しいなって思いました。俳句の大先輩なのですが、ご本人に「わたしはこれが一番好きです」って言ったら、「うれしい！」と喜んでくださいました。

目に映る景色を写し取る
～映画のようなワンシーン

写生というと、画板をもって近所の景色を絵に描き写すスケッチやデッサンを思い浮かべると思いますが、実は、俳句にも「写生」という方法があります。

絵画と同じで、文字通り目に映る景色をありのまま写し取る、という考え方で、正岡子規が考案したとされています。それを、弟子の高浜虚子が自分なりに発展させ、「客観写生」という考え方を打ち出しました。

『今日の俳句入門』を記した俳人の後藤比奈夫さんは、その著書で「客観写生とは心で作って心を消すこと」とおっしゃっています。むずかしいですが、感じたことをあらわすのではなく、見たことを言葉に託して表現すればよいというのです。

わたしは、俳優として映画や芝居の世界で生きてきたものだから、映像的な句というのは割と浮かぶのですが、それも現実を写し取るというよりは、アタマに浮かんだ映画のワンシーンのような映像（場合によってはフィクション）だったりします。

例句

外にも出よふるるばかりに春の月　中村汀女

「春の月」は、近くて、大きくて、そして黄色くて温かい。使い古された季語だけれど、汀女さんは「月が近い」ことを、「出ていらっしゃい、こんな近くに、さわれそうなぐらいに春のお月さんがあるわよ」と詠んだのです。

春月よ本を読むから降りて来い　蒼蛙

あるとき酔っ払って、橋を渡っていたら、春のお月さんがボーンと眼の前にあった。黄色く明るくでっかいのが。それで、「春月よ」って呼びかけた、本当に声に出して。もちろん帰ったらすぐに書きつけました。忘れないように。

どんなテーマでも俳句になる

〜五感を駆使して対象を観察

みなさんの中には日記をつけておられる方がいるでしょう。日記はたいてい説明口調だったり、単なる記録だったり、散文になりがちです。一方、俳句は日々の呟き。日常の一瞬一瞬を写真や映像のように切り取るもの。そんな違いがあります。

これは書いちゃいけないなんてものはありません。俳句は詩であり、文学ですから。テーマはなんだっていいんです。でも、詠む人の自由なんて言うと悩んでしまう方もいますよね。そういうときは五感をフルに活用して、身のまわりをとことん観察してみてください。目に映るもの、心に響いたこと、きっと何かが浮かんできます。

たとえば、「毬（まり）」という結社で一緒だった俳人の池田秀蛙さんは一貫して食べ物ばかりをテーマにしています。食べ物の句集を早く、って言っているのですが。

孫の句はダレるから書くな、と言う人もいます。デレデレした句が多いから、と。でも、孫ってかわいい。だから、わたしは気にせず、いくつも詠んでいます。

例句

死なうかと囁かれしは蛍の夜　鈴木真砂女

わたしが敬愛する鈴木真砂女《すずきまさじょ》さんという俳人は九六歳で亡くなりましたが、自分が不倫したことを堂々と詠みました。

小さきものゝそれは歌らし馬肥ゆる　蒼蛙

孫と言わずに「小さきもの」としてみました。何か歌らしいものを口ずさんでいますが、何だかわかりません。「馬肥ゆる秋」と言いますが、孫が三歳になる秋の句です。

孫の言ふおたちゃまくちは蛙の子　蒼蛙

娘が孫を撮った動画が送られてきました。「蛙の赤ちゃんのことは?」と娘。すると孫が「おたちゃまくち」。「せいかい!」と親バカの娘の声に吹き出してしまいました。

思い出だけでも句は作れる
～心が動いたかどうかが大事

黒澤明監督が、「創造とは記憶力だ」ということをおっしゃっています。それで思い出すのが、もうお亡くなりになったけど、俳人の森澄雄《もりすみお》先生です。

愛妻家だったのでしょうね、奥様のことを詠んだ句をたくさん残されている。その森先生は「思い出だけで句は作れる」っておっしゃったそうです。

除夜の妻白鳥のごと湯浴みをり　森澄雄

浴室を覗いたかどうかまでは知りませんが、「白鳥のごと湯浴みをり」って詠んだ。自分の妻を白鳥のごと、ってふつうは言わないですよね。森先生は、早くに奥様を亡くされたけれど、生涯、奥様のことを思い出だけで詠み続けていたわけです。

だから俳句は、思い出だけでも書けるし、想像でもいいんです。

ただ、似ているようでも、やってはいけないのは、テレビのニュースなどで見聞きしたことを詠む、ということ。これは俳人の藤田《ふじた》湘子《しょうし》先生が、ある俳句雑誌のインタビューでおっしゃっていらしたんです。

なんでも、競走馬を運ぶ運搬車が高速道路を走っていた。そのドアが開いてしまって、馬が逃げ出して高速道路を馬が駆けていたという事件があった、と。それをテレビで見た人が、そういう内容の句を投句したらしいのです。

お前さんは高速道路でそれを実際に見たのかね、ニュースなどを見て作っちゃダメだ、と。そういう作り方は絶対にするな、と。つまり、自分で体験していないことは詠んではいけない、ということです。

その場にいて、馬が走る蹄の音を聞いたのか、風を感じたのか、寒さを感じて作ったのか。そういうことがなく、テレビの画面を見て詠むのは俳句ではありません。

ニュースの映像ってインパクトがあるからつい影響されちゃうんでしょうね。そこから着想のヒントをもらうのはいいんです。でも、それをそのまま詠むのはよくない。たとえ思い出や想像であっても、ちゃんと自分で感じたこと、心に響いたことを詠むのが大切なのです。

身近な人に贈る慶事の句
～祝う気持ちを言葉にのせて

親戚、友人、知人が結婚した、お子さんができた。お孫さんが産まれた。あるいは何かの記念日や長寿を祝う。おめでたいことです。どんなに嬉しいことでしょう。

こうした慶事に記念の句を詠むのも、思い出になっていいものです。

黒澤明監督の映画『まあだだよ』（1993）のモデルになった内田百閒《うちだひゃっけん》（ドイツ文学者・作家）の句集には、門下生で作家の平山三郎の娘ひなこさんへの祝いの句が多く載っています。ちなみに、百閒が名付け親だそうです。

ただ、日常の描写は、どうしても似通った句になりがちなので、別の言い方がないか、類語辞典などで探してみましょう。

たとえば、赤ちゃんを意味する言葉も、「嬰児（えいじ）」「稚児（ややこ）」「赤子」「ねんねん」などいろいろ。少し大きくなれば、「幼子（おさなご）」「童（わらべ）」「小さき子（もの）」という言葉も使えます。

例句

君が名をまず母が呼び冬ぬくし　蒼蛙

句友の子（須貝雅琳《ありん》さん）に贈ったお祝い句。大きくなったら読んでくれるでしょう。

春の宵小さきあかりの点りけり　蒼蛙

友人の濱野英理さんに贈った句。お子さんの名が「朱里」ちゃんだったのです。

老残の借家のはるもめでたかり　小倉茂木

亡き父の遺品の中に父と親しかった方からの年賀の葉書の最後に書かれていた句。父は、郷里に住む友人からの葉書をずっと大切にしていたのです。

静かな心で綴る追悼の句

～親しき人の旅立ちに

おめでたいことばかりでなく、人生には弔事もつきものです。出会いがあれば、別れもある。悲しくてつらくて、何かに心が押しつぶされそうなとき、俳句に思いをのせることで、抱えている気持ちが、ふと和らぐことがあります。

生涯に二十万を超える句を詠んだと言われる高浜虚子は、追悼の句もうまかったそうです。それで、誰かが「どうやったらうまく作れますか？」と聞いたところ、虚子は「追悼の句なんてものをうまく作ろうと思って作るものじゃない。その人のことをじっと思えばできます」と答えたとか。

まったくその通り。同感です。これまで、わたしもいろいろな方に追悼の句を詠みましたが、上手に作ろうなどと思うことが、そもそも不遜というか、不謹慎です。

亡くなった人のこと、その人との交わりをじっと思う。そうすることで、句はおのずから「賜る」もの。追悼の句とは、そうしたものではないでしょうか。

追悼の句

――中村真一郎先生サヨウナラ――

モスラ逝く巨大な繭を作り了え　蒼蛙

作家・中村真一郎先生の残した多くの作品群を「巨大な繭」としました。先生が、堀田善衞、福永武彦らと一緒に東宝で科白直しのアルバイトしていたとき、田中友幸プロデューサーから人種差別や反戦をテーマに脚本を頼まれ、三人で書いたのが「モスラ」だったそうです。

――片山真理子さんサヨウナラ――

掌の上の手毬の糸の解れかな　蒼蛙

句友・片山真理子さんへの追悼の句。彼女の俳号が「手毬」でした。手毬は、新年の季語ですが、在りし日の彼女を思い出しながら作りました。

声高に叫ばない反戦の句
～悲しき歴史の記憶を詠む

「反戦の句」というものがあります。年配の方なら、「終戦記念日（八月十五日）」のように、戦争の記憶が晩夏の季節と結びついている感覚が残っているでしょう。もちろん、戦後生まれの世代には直接的な経験や記憶などはないかもしれません。それでも、句を通して作者の思いが静かに伝わってきます。

本来、俳句は何を詠んでもよいのですが、戦時中は反戦をテーマにしたり、社会問題を揶揄しただけで摘発されたりと、創作活動が自由でない時期もありました。

言わない、説明しない、のが俳句ですから、反戦のようなテーマを扱ったとしても、戦争の残酷さ、悲惨さを直接描いたり声高に戦争反対を訴えたりしない句のほうが、わたしなどはよけいに深い悲しみを感じます。

たった十七音字の中に、二度と悲惨な歴史を繰り返すことのないように、との願いが込められた、悲しくも美しい句があります。

例句

片爪の蟹這ふ八月十五日

木内彰志

「八月十五日」は、悲しい秋の季語です。「片爪の蟹這ふ」は、実際の蟹と、戦争で片腕を失くして帰還した傷痍軍人を重ね合わせているのです。

火の番は特攻隊の生き残り

蒼蛙

京都で、冬の夜です。「火の用心、火の用心」と柝（き＝拍子木）を打って行く老人を見ました。「あのおっちゃんな、特攻隊の生き残りなんや」と友人が教えてくれました。戦争に行き、特攻に加わり、終戦を迎えた。その人が、人々の安全、安寧を願って柝を打っている。わたしはとても感動しました。柝の音が冬の夜に冴えわたっていました。

ユーモアが共感を呼ぶ
～たまには笑える句だっていい

俳句がすごいな、たのしいな、と感じるのは、十七音字の中に多彩なテーマを表現できる、懐の深さ、奥の深さでしょうか。親しい友人が亡くなったときの悲しみを詠んだ追悼句から反戦のような歴史的・社会的なものまで、なんだってありです。

叙情的な句もいいし、シリアス路線もいいけれど、たまにはクスリと笑えるような、ユーモアにあふれた句もいいものです。詠むほうも、訊くほうもたのしいから。

わたしもよく笑える句を作ります。というより、わたしの場合はもうシッチャカメッチャカなんですが。でも本当に俳句って自由だからいいですよね。

以前、笑える句ばっかり集めた句集を作ったことがありました。三十人の俳人が一人十句ずつ出し合って編んだもので、わたしも仲間に入れてもらったのです。

いま読み返しても、思わず笑っちゃう。その句集から、いくつか紹介しましょう。野暮なので説明はなし。ダジャレ俳句だって、いつか名句になる……かも。

句集『万愚節』より

バカ貝の大きな方はうんとバカ　境野大波

雨にも負けて風にも負けて花見中止　魚田裕之

股引や器用なれども貧乏で　蒼蛙

水餅や由緒正しき貧乏人　蒼蛙

例句

熱燗やもう誰とでもどうとでも　遠藤きよみ

小学校の同級生が俳句をやっていて、何十年ぶりかで会いました。これは酔っ払った、ということですけれど、熱燗が実に利いている。ふだんは句会だけで家で俳句は書かないそうです。こんな句がご主人に見つかったら、なんて思われるかわかりませんからね。

寄り道エッセイ

歌舞伎役者・初代 中村吉右衛門さんのこと

はしがきに書いた通り、わたしを俳句の世界へ誘ってくれたのは、女優の松岡みどりさんでした。

ふとまわりを見渡してみると、俳優や役者さんにも俳句をなさる方がけっこういらっしゃいます。たとえば、明治末から昭和にかけて活躍した歌舞伎役者で、初代の中村吉右衛門さん。いまの吉右衛門さんのお母さんのお父さんです。

四十代半ばから高浜虚子に指導を受けて、俳句に精進。早くに才能を発揮し、句集なども出されています。わたしが好きなのは、この一句。

春寒や乞食姿の出来上る　　吉右衛門

これは歳時記にも載っていますけれど、役者ならではの視点で、名句だなと思います。「乞食姿の出来上る」って言っているから、役者がその衣裳を着たときの光景を描いたのでしょう。つまり、侍の役だったら厚い着物を着られるけど、貧しい役なのでぺらぺらの衣裳です。だからよけいに「春寒や」という季語が利いていて、寒々しい恰好が目に浮かびますよね。

俳号は最初「秀山」だったそうですが、虚子から「吉右衛門のほうがいい」と言われ、以来、芸名をそのまま用いたようです。

よし、わたしも俳優でなきゃできない句をと思い、いくつか作ってみました。

出発はスバルビル前冬帽子
めし前にあとワンカット日脚伸ぶ
出番待ち紅梅とゐる八畳間
俳優は待つのも仕事秋扇

みなさんも、ご自身の仕事や関わりの深い事柄にあらためて目を向けてみてはいかがでしょう。当たり前と思っていたことも、ほかの人たちには新鮮に映るかもしれません。

何気ないフレーズから発想
～季語は後から取り合わせてもいい

たくさん考えたからといって、いい句が生まれるわけではありません。先にフレーズや言い回しが浮かんで、そこから発想することもあります。

わたし自身、こんなことがありました。ある年の暮れに二度目の離婚をして、年が明けて二月になった。まだ寒いけれど、何の拍子か、こんなフレーズが浮かんじゃったんです。「恋もしなくちゃなんないし」——。

で、これに合う季語は何かな、って考えました。「春寒や」じゃ寂しいよな、何が合うかなと、つらつら考えていたら、「早春や」という季語が浮かんできました。「や」という切れ字は、感嘆、詠嘆の気持ちをあらわすもの。つまり、ビックリマーク（！）でもあるから、上五に置いたら、もう完成です。それが次ページの句。

心に浮かんだことを素直に詠んでみる。これも俳句のたのしみ方です。

日常のフレーズから発想する例としては、正岡子規が詠んだ句もあります。

例句

早春や恋もしなくちゃなんないし　蒼蛙

余談ですが、この句はとても評判がよくて、地方での句会の帰りに「小倉さんのあの句、大好き」って言ってくださった方がいました。うれしかったですね。

毎年よ彼岸の入りに寒いのは　正岡子規

「彼岸」は春の季語。秋には使いません。秋の彼岸は「秋彼岸」です。「暑さ寒さも彼岸まで」と言いますが、日本の冬の寒さは春分のころまで、夏の暑さは秋分のころまでには和らぎ、しのぎやすくなるという慣用句。この句は、子規のお母さんが言った言葉がヒントとなり、それをそのまま句にしたそうです。

目を凝らすと見えてくるもの
～同じ題材でも感じることは違う

日常が俳句の題材になると頭でわかっていても、「花が咲いたからきれいだ」「新緑の風はさわやかだ」「中秋の満月がみごとだ」、というのは、言われなくてもわかることと。ありきたりな「あ、そう」の句になってしまいます。

では、どうやったら、他の人とは違う、自分ならではの句を思いつけるのか。

何度も繰り返すようですが、それは対象をよく観察することに尽きます。

ふだん何気なく見過ごしている日常の中にも、見方を変えたり、じっくり目を凝らすと、「おや?」という新しい発見や感動があるかもしれません。誰もが見ているようで見ていないことに気づいたら、それを素直な言葉で句に詠んでみましょう。

最初は、独創的な句に発想のしかたや表現のセンスを学ぶのもいいですね。観察眼を養い、表現力が磨かれればきっと斬新な句ができるはずです。

次にあげる句は、どちらも徳島の阿波踊りを題材にしていますが、着眼点は異なります。同じものを見聞きしても、感じることは人それぞれ。だからこそ、そこに作者の個性が出る余地があるんですね。

例句

やっとさあ踊る阿呆の腰団扇　上田淑子

手に持たれた扇子や団扇ではなく、腰のうしろに、帯に差し込まれた団扇です。数十名の〝連〟が次から次へと続く阿波踊りを見たことがありますが、わたしの眼は腰にまでは到っていなかった。この作者は気づいたのですね。あっぱれ。

下駄の歯のうしろはいらぬ阿波踊り　蒼蛙

つま先立ちして踊っているのに気づきました。下駄のうしろの歯はいらないんだと、そのとき知ったのです。わたしにとっては新鮮な発見でした。

Q：句会に参加するには？

A：結社に入るのも一つの方法

結社というのは、いわば俳句の同好会です。定期的に句会を開き、お互いに作品を品評したり、先生が優秀な句を選んでくれたりします。

句会に出席できない人も、投句といって、いまならメールやファクシミリなどであらかじめ句を送って、遠距離から参加することもできます。こうした会員から集まった句は、各結社が発行している俳句誌などに掲載されます。

結社は日本中にたくさんあります。その多くが伝統俳句協会、現代俳句協会、俳人協会などの全国的な俳句団体に属していますので、興味のある方は、各協会に問い合わせるか、インターネットを使って検索してみるとよいでしょう。

十年に一回くらいの割合で編纂される「歳時記」には、こういった結社の人たちの句の中から選ばれたものが、例句として掲載されたりします。

もちろん、句会自体は、俳句好きな仲間で集まって自由に開くことができます。

※おもな俳句団体の連絡先は巻末資料（→190ページ）をご参照ください。

五章　よりよい句にするためのコツ

推敲は「産みの苦しみ」

～作ったら終わりではない

とかく日本語というのはむずかしい。まるで天から賜るようにサッと句ができるときもありますけど、いったんは「できた！」と思った句も、後になって「つまらない」と思うことがあります。そして、もっといい言葉はないか、と悶々とするのです。なかなかぴったりの表現が見つからないときは、ほんとうに苦しいです。でも、それだけに満足のいく句ができたら、こんなにうれしいことはありません。

ときどき推敲せず書き飛ばしている多作の方を見かけますが、こういう人に限っていい句がないように思います。なので、句ができたらまず、これでいいのか、と自問自答してみること。ひと呼吸おいて推敲することが、句作ではとても大切です。

自分で吟味するのが「推敲」で、人に直してもらうのが「添削」ですが、推敲ならいくらやっても、誰に迷惑がかかるわけじゃありません。とことんやりましょう。いい句にしたいなら、あきらめずに、よりよい表現を追求することです。

例句

「地芝居（じしばい）」で一句。恥ずかしながら、推敲の過程を披露します。

地芝居の女形に髭のありにけり
（え～ホント？）

←

地芝居の投げ銭拾ふ黒衣かな
（う～ん、どうかな？）

←

地芝居や乳やる母のゐる楽屋
（これはあるかも）

←

地芝居の役者芝居の酒臭く
（これじゃあ、すべて説明だな。う～ん）

←

地芝居の呂律あやしき内蔵助

蒼蛙

やっとできました！　酒を呑んでやっているというのを、酒と言わないのが俳句なのでした。初心にかえった気持ちです。ちなみに「地芝居」は秋の季語。地域の人たちが集まって芝居を披露するものです。類似の言葉に「地歌舞伎」「村歌舞伎」「地狂言」「村芝居」「田舎芝居」などがあります。

文字づかいを比較してみる
～字面や見た目の印象も大事

日本語はむずかしい、という例をもう一つ。たとえば、「蜻蛉」「とんぼ」「トンボ」――どれも意味は同じで、三音に変わりはありません。けれど、字面や見た目の印象はずいぶん違いますよね。文字づかいで句の雰囲気が大きく変わります。

では、「恋」と「戀」、「桜」と「櫻」はどうでしょう。同じ漢字でも、旧字（正字）はまたニュアンスが違ってきます。どれを使うか、よく考える必要があります。

こうしなきゃいけない、あれはダメだ、なんてルールはありませんが、しいて言えば、句全体のバランスを考えるといいかもしれません。画数が多いので漢字ばかりだとなんだか見た目が堅くて重くなる。平仮名やカタカナなら軽やかで柔らかい感じを出しやすい。文語や旧字にすると、おごそかな雰囲気を出せたりもします。

句帳などに実際に書いてみて、雰囲気を確認しながら比べてみるとよいでしょう。そのうち、語彙も増え、自分の好みなんかもわかってきます。

例句

白牡丹といふといへども紅ほのか　高浜虚子

ころあひにつきたる燗も夜寒かな　久保田万太郎

古典で使われる文語や旧字は、句に味わいが出たり、風格を高めてくれます。ただし、句作をする際、口語（話し言葉）と文語は、混用しないようにしましょう。

読初や新年號の賑やかに　蒼蛙

俳句雑誌の新年号が送られてきたので開くと、カラーグラビアで女流俳人が晴れ着で着飾っている。わーきれい、と。華やかな雰囲気を「賑やかに」であらわしました。「讀初（よみぞめ）」は新年の季語。「新年號」も旧字にしました。

ダメな句なんてないけれど…

～自分では気づけないこともある

「駄句」という言葉がありますが、わたしはダメな句なんてないと思っています。どんな句でも、作者が感動したことや驚いたこと、何かしら心が動いたことが句作のきっかけになっているはず。その「心」に優劣なんてあるわけがありません。

ただ、ちょっと言葉づかいを直すだけで見違えるようにいい句になる、ということはありますね。全国放送ではないのですが、わたしが講師を務めるＮＨＫの「ひるまえほっと」という情報番組の俳句コーナーで、以前、こんな投句がありました。

菜の花やどこかに妣のかくれたる　（視聴者からの投句）

亡くなったお母さんが、菜の花畑のどこかに（隠れて）いるに違いない、という句。最後に終止感がなかったので、一つだけアドバイスしました。下五は「かくれをり」「かくれをる」でいいわけですが、「どこか」が口語なので、単純に「どこかに妣がかくれてる」でよかったのです。「妣（はは＝亡き母の意）」の表現や描いた情景など、目のつけどころがよかっただけに惜しい句でした。

わたし自身、句会に参加したり、師匠に指導してもらいながら多くを学びました。最初は、先生の添削を受けたり、人に意見をもらうのはいいものです。

例句

陽と風を集めていたる芒かな

【添削後】

陽を風を集めていたる芒かな　蒼蛙

わたしが初学のころ、句の先輩に直してもらった句。「陽と風を」では一括りですが、「陽を風を」とすれば、陽を集めて光り、風を集めて揺れている「芒（すすき／秋）」がはっきりと見えてくる。「てにをは（助詞）」一つでも、句の世界観が変わるのです。

言葉のダブリを取り除く
～「もったいない精神」で字数を節約

俳句は短い文学です。限られた字数を似たような表現で消費するのはもったいないこと。できた句を推敲するときは、同じ意味の言葉がダブっていないか、ムダな言葉を使っていないか、チェックすることも大切なポイントです。

たとえば、「川は流れる」という表現。つい使いがちですが、川は流れるものなので、わざわざ言わなくても伝わります。「ながれる」という四文字を消せれば、そのぶん、他の言葉を加えられます。強調したい言葉に絞り、別の要素を加えることによって、表現が豊かになり、描くイメージの世界も広がる、というわけです。

ただし、字数を節約できるからといっても、仲間内など限られた人しか知らない略語や言い回しは、わかりにくいので避けたほうがいいですね。

また、一つの句に季語が複数あることを「季重なり」と言いますが、季語を深く理解し、使い分けられるようになるまでは、やはり一句一季語を守りましょう。

例句

子等は皆遊ぶ天才春の雪

【添削後】

子ども等は遊ぶ天才春の雪　（視聴者からの投句）

「子等」と言ってるから、子どもが複数だということはわかります。ですから、添削で「皆」をカットして、「子ども等は」としました。これでいいのです。

季重なり

ベテランの俳人が詠んだ句の中には、表現の一つとして、あえて季語を重ねているものがあります。次の句では、線を引いたところが「季重なり」ですが、いずれの季語が主役か明らかだったり、複数の季語によって相乗効果がある場合などはOKなのです。

目には青葉山ほととぎす初がつを　山口素堂　（夏の季語三つ↓視覚・聴覚・味覚）

啄木鳥や落ち葉をいそぐ牧の木々　水原秋櫻子　（秋と冬の季語↓全体は秋の句）

季語の位置を変えてみる
～比べてわかるリズムの違い

俳句には、季語が欠かせません。ぴったりの季語が見つかったとしても、句全体がなんとなく締まらない。七五調のリズムが、どうもしっくりこない。そんなときは、一つのテクニックとして、季語の位置を変えてみる、という方法があります。

たとえば、季語を最初は上五に置いてみたけど、下五に置いたらどうか、中七ならどうか、ということを考えてみる。そうすると、前にも言いましたが、同じ季語でも、季語の位置を変えるだけで、少なくとも三通りの句ができるわけです。

それらを並べ、じっくり比べてみてください。できることなら声に出して詠んでみるといいでしょう。リズムだけでなく、趣までもが違ってくるから不思議です。

ついでに言えば、初心者の句は知らず知らずのうちに「季重なり」になっていたり、季語でないものを季語と思い込んでいることがよくあります。わたし自身もそうでした。面倒でも、そのつど歳時記で調べる習慣をつけましょう。

例句

芝桜足元の風に色をつけ

【添削後】

色のある風足元に芝桜

上田淑子

目のつけどころはとてもいい。ただ、「風に色をつけ」と言うと、その後に何か言葉が続きそうです。そこで、季語を下五において、「芝桜」で終わったらどうでしょう。「名詞止め（体言止め）」です。このほうが収まりがよくなりますよね。

方言（お国訛り）を使ってみる
〜ユニークな表現がいっぱい！

俳優という仕事柄、科白を方言（お国訛り）で話すこともあるせいか、俳句でも方言を使った表現が思い浮かぶことがあります。

「ありがとう」ひとつでも地域によってずいぶんと違って、「おおきに」「だんだん」「まんずどうもね」など実にさまざま。あえて方言を使うことで、故郷への郷愁とか田園の風景を連想させたり、その土地ごとの伝統文化や風習、人々の暮らしぶり、県民性なんかを生き生きと表現することができます。

また、方言がもつ独特のリズムや言い回しからユニークな句が生まれることも。旅先などで見聞きしたり、経験したことは、その地域の言葉で詠むのも一興です。

余談ながら、方言でお芝居をする劇団があり、名古屋の劇団「劇座」代表の山田昌さんたちは、「ハムレット」を名古屋弁で演じたのだそうです。「生きるべきか死ぬべきか、それが問題だがね」なんてやったのかな。見たかったなあ。

例句

焼酎やなんでんかんでん語らふて　蒼蛙

方言というものはいいもので、訛りを聞いただけで、郷里のことが思い浮かびます。わたしは鹿児島で育ちましたので、酒場で隣に座った人が「きばれ（がんばれ）」とか「おやっとさあごあした（おつかれさまでした）」なんて話していたりすると、ついつい声をかけてしまいます。「鹿児島のどちらですか？」って。

身ぎれいにしときいや菊飾ったる　蒼蛙

京都に行くと必ずお墓参りするのは、旧友・川谷拓三の墓です。行くと句ができます。その中でも好きな句です。あの世でもモテるように身ぎれいにしときいや。

テクニックが必要な比喩表現

～「如き俳句」にとらわれない

「～の如く」「～のごと」「～のやふ」。こういう表現を「比喩（ひゆ）」と言います。物事をほかのものにたとえる表現ですが、この比喩にも二種類あって、直喩が「～のようだ」というのに対して、暗喩は「～である」と言い切るものです。

言葉に奥行きが出たり、世界観が広がるため、比喩を用いた句はたくさんありますが、ある程度のテクニックも必要なので、初心者はやめておいたほうが無難です。

というのは、「あなたはそう思うかもしれないけど、わたしはそうは思わない」って言われかねないから。「そう思わない」って言われたら取り付く島もありません。

もちろん、見事な比喩表現の句もあります。意外な組み合わせなのに、「なるほど、そうですね」と納得できちゃう。でも、凡人が比喩を使うと、理解されないか、ありきたりで陳腐な句にしかならないことが多いのです。

わたしは「如き俳句」と名付けていますが、比喩表現は本当にむずかしいのです。

例句

去年今年貫く棒の如きもの

高浜虚子

大晦日、時計の針が十二時を過ぎれば新しい年になる。そして、ああ去年は……って思うのが、この「去年今年（こぞことし）」という新年の季語です。一夜にして去年と今年が入れ替わっちゃったというのを「貫く棒の如きもの」にたとえています。巨匠のおっしゃることには、素直に同感。

言ふならば句跨りなり去年今年

蒼蛙

わたしも、巨匠と同じ新年の季語を使ってみました。「句跨（が）り」というのは、「言葉がまたがっている」使い方のこと（→58ページ）。「去年今年」が「句跨（が）り」のようだという比喩です。

擬人法も加減がむずかしい

〜斬新さと陳腐さは紙一重

比喩と似たものに「擬人法」があります。擬人法とは、自然や動植物など、人ではないものを人に見立てて表現することです。「擬人化」するとも言います。

この擬人法にも「如き俳句」、つまり比喩に似ているところがあって、効果的に使えば、情景を生き生きと表現したり、意外性のある斬新な句にすることができます。

たとえば、高浜虚子の「大寺を包みてわめく木の芽かな」は好例です。

しかし、初心者には、その加減がなかなかむずかしい。造語と同じく、独自の表現に走りすぎれば、誰も理解できない句になってしまいますし、ありきたりな表現では句の世界観を狭くし、陳腐な句になってしまいかねません。

よくあるのは「鳥が歌う」「花が笑った」といった表現。犬や猫など身近な生き物が人間のようにふるまうものも多いですね。誰もが使う表現は、安易な印象を与えかねないので、もっと別の言い方はできないか、試行錯誤してみましょう。

例句

春月よ本を読むから降りて来い　蒼蛙

月を人に見立てて、話しかけています。と同時に、明るいお月さんを読書するときの電気スタンドにも見立てています。純然たる擬人法ではなく、モノをモノに見立てた比喩の一種なのかもしれません。

牛の名はりえみきさゆり風光る　蒼蛙

私の郷里である鹿児島の甑島（こしきじま）で、小学校の同級生を訪ねたときのことです。カレンダーの日付に、りえ、みき、さゆり、と書かれ、赤で丸く囲んでありました。牛に人の名がついているのはよくあることですが、みんな雌牛。出産予定日なんですね。牛たちが島の岬で放牧されていました。

対比でイメージが際立つ
～スケール感や奥行きを表現

俳句を作るとき、正反対のものを対比させると、イメージが際立ち、よい句になりやすい、と言われます。取り合わせ（↓44ページ）の句に多く見られる手法です。たとえば、大きなものと小さなもので距離や広さを対比させたり、紅白や黒白など異なる色を配してコントラストを強調したり。カメラワークで言えば、寄りでクローズアップして拡大したり、グッと引いて遠くからワイドに見渡したり。時間の経過やスケールの大きさ、奥行きなどを表現することができます。

対比する例としては、ほかにも、静動、明暗、重軽、高低、多少、新旧、長短、硬軟……など、いろいろなパターンがあります。ただし、単に比べただけでは、事象の説明になってしまいますし、よくある対比は、句としてダサくなりがちです。

だから、やや上級のテクニックと言えなくもないですね。句作に慣れるまでは、先人の名句をたくさん鑑賞し、対比の妙を体感することから始めましょう。

例句

芋の露連山影を正しうす

飯田蛇笏

「芋の露」というのは、サトイモの葉っぱの上にころころ載っていたりする、あの水玉のこと。その向こうに「連山が影を正しうす」という、小さな視点と背景の雄大な視線を対比させています。

荒海や佐渡に横たふ天の河

松尾芭蕉

「荒海や」で切り、荒海をイメージさせておいて、視線は夜空に移ります。「佐渡に横たふ天の河」。なんてスケールの大きな句なんでしょう。感嘆するばかりです。

読み手に伝わる表現を選ぶ
～独りよがりは上達しない

「泪酒（なみだざけ）」という言葉があります。演歌でよく使われますが、日本酒の銘柄ではありません。「泣きながら飲む悲しい酒」といった意味で一種の造語です。

歌の世界なら、歌詞全体のストーリーや、ほかに付随する言葉も含めて、なんとなく聴く人が想像してくれて意味も理解してくれるでしょう。

けれど、字数が限られ、説明しない俳句では、ただ「泪酒」と言っても読み手には通じにくい。初心者のうちは造語も使わないほうが賢明です。

とはいえ、作った本人は視野が狭くなっていて、最初の発想から離れられずなかなか客観的になれませんから、人に見てもらうのがいちばんいいですね。

恥ずかしがらず、家族や親しい人などに「どうですか？」って聞いてみましょう。独りよがりに陥るより、より伝わる表現を考えたほうがいい句になります。

わたしが俳句の講師をしていて不思議だなと思うのは、自分の句を添削されたときに、男性はへそを曲げて俳句をキライになりがちだけど、女性は「あら、すてきな句になったわ。先生、ありがとう」って素直に喜んで、ますます俳句を好きになる人が多いこと。添削されても、へこまず、句作をたのしみましょう。どんどん詠んで、直して、気に入らなかったら捨てればいい。それができる人が伸びるものです。

例句

ゆらゆれて湧く望郷や蜃気楼

【添削後】

ゆれゆれて湧く望郷や蜃気楼

蒼蛙

帰ろうかな、帰るのよそうかな、という気持ちを「ゆらゆれて」と表現。なかなかいいぞ、と思ったら、「日本語としておかしい。『ゆれゆれて』だろう」と、結社「皀莢（さいかち）」の田中水桜先生に指摘されました。「そりゃそうだ」と猛省した次第。

一句できました！
～心に残った「あんな句・こんな句」

わたしは、俳優業のかたわら、カルチャースクールなどで俳句の講師を務めています。その講座の生徒さんたちの作品をいくつか紹介しましょう。

散紅葉帽子につけてバスの人
加藤英雄

寸評　バスに乗ったら、帽子に紅葉を付けた人を見つけた。わざと付けたのかな。オシャレな人ですよね。美しい葉を一枚でも持ち帰れれば、よかったのかもしれません。「バスの人」というのがいい。路線バス？　それとも高速バス？　あれこれ想像が膨らみます。

青田風袈裟なびかせて行くバイク
加藤英雄

寸評　田園風景の中をお坊さんが原付バイクで走って行く。白い着物に黒の紗（しゃ）というのか絽（ろ）というのか、中の白が透けて見える羽織をなびかせて、さわやかな風を感じられる句です。このすけすけの衣を「羅（うすもの）」と言い、「青田（風）」ともども、夏の季語です。

ベランダに図鑑持ち出し愛鳥日
上田淑子

寸評　わたしの家のベランダは桜の公園に面しています。桜の花には、よくメジロが来ています。オナガやハトはわかるのですが、他の鳥の名前は知りません。この方と同じように、図鑑を取りに行ったりすると、戻ったときにはもう居なかったりするんですよね。

出ぬ歌詞をラララと唄ひ秋晴る　伊藤千絵

寸評　歌詞を忘れてしまうことって、よくありますよね。それで、ラララ…とごまかした。つい歌を口ずさんでしまうような、気持ちよく晴れた日だったのかな。わたしもちょうど、中学生の作曲コンクール向けの課題詞を書いていたので、これにならってラララ…としたら、なかなかいい。だから、二番もまたラララ…。作詞者としては手抜きです。

湯豆腐や一人が吹けば皆続き　伊藤千絵

寸評　湯豆腐が熱いから、ついつい吹いた。誰もがそれに続いた。ただ、それだけのことなんですが、何ともおもしろい。情景が目に浮かびます。

高校生の固き革靴さくら踏む　泉川美弥子

寸評　新しい靴なのでしょう。やわらかい桜の花びらを踏んでゆく。入学したばかりということがわかります。おそらく革靴の色は黒。それと桜色の対比もおもしろい。誰もが知っている風景をさりげなく詠んだ、よい句です。

啓蟄や寝具一枚間引く朝　泉川美弥子

寸評　啓蟄（けいちつ）は、春になって虫などが冬眠から覚めて出てくることで、二十四節気の一つ（→178ページ）。「啓」は開くで、「蟄」は土中の虫を意味します。啓蟄を詠む人は多いけれど、この句は、暖かくなってきたから寝具一枚薄くしようと。これもうまいな。

受話器からこぼるる朝の花便り

泉川美弥子

寸評　「こぼるる」と文語で書いているので、これは「受話器より」としなければイケナイ。俳句で「花」と言えば、桜のこと。「花便り」は、桜が咲いたのを知らせる便り。「花信（かしん）」とも言い、春の季語です。

卒業や下宿に残るノブカバー

渡部雅江

寸評　卒業して先輩が下宿から引っ越しちゃったけど、ノブカバーが残っていた。ノブの金属が冷たいと感じた先輩は女性なんだろうな。卒業というと、学校のことを詠む句が多いけれど、こんなふうに詠んだのはめずらしい。ノブカバーなんて、よく気がついたものです。

厨の灯消して深夜の初湯かな

清水早苗

寸評　「初湯（はつゆ）」は新年の季語。年が明けて初めて風呂に入ること。家風呂がなく、銭湯に行くのが当たり前だった時代は、正月一日は湯に入らず、二日に入ったことから、「正月二日」を指すことも多いようです。「厨（くりや）」っていう表現がいいですね。台所、キッチンのことです。

立冬の賑わひ遠く画廊の灯

小川直子

寸評　一枚の油絵を見ているようです。遠くのさまざまな色彩の灯と人々。近景に灯の点いた画廊があって、中までは見えませんが、人もあまり入っていないようなイメージ。どこのことだろう？　フランスかな。なんといっても、立冬がいいですね。

ガラス戸のまばゆい春の寒さかな　窪木いう子

寸評 硬質なガラス戸が光を返しています。しかし、まだ春寒なのです。でも、春の訪れも感じられる句です。

指折りて春の七草あとふたつ　窪木いう子

寸評 「指折るや」として一度切りましょう。何かな、と思わせて、中七・下五に導く。そうすることで、句のリズムが変わります。「七草（七種）」は新年の季語。粥や雑炊に入れて食べると、一年の邪気を祓うとされます（あと二つが思い出せない！）。

山茶花を敷きつめたのは夜半の風　立花道子

寸評 山茶花って椿と似ているな、と思ったら、椿科の植物でした。一夜明けたら山茶花が散っている。それは昨夜吹いた風のせいだったというもの。「さざんか」なら「茶山花」と書きそうですが、ヤマチャバナです。かつて、山茶花究という芸名の俳優がいましたが、掛け算の「さざんがきゅう（3×3＝9）」からの命名でした（カンケイナイカ）。

明け方の融けゆく月や木の芽風　津野安正

寸評 「融けゆく月」がいい。木の芽（このめ）風が吹き、おだやかな朝が訪れます。もし、雨だったら「木の芽雨」。歳時記で「木の芽」を引くと、「木の芽立」「芽吹く」「芽組む」「木の芽時」などと出てきます。春になり、芽吹く木々。そのころ吹く風は「木の芽風」です。

はとぽっぽ浅草いつも愛鳥週間

藤田力

寸評 う〜ん、たしかにその通り。初めて句を作った人とは思えません。これは浅草寺（せんそうじ）のあたりかな。節分になると、子どもも大人も豆をまき、たくさんのハトが食べに来ます。ちなみに、「鬼は外、福は内」が一般的だけど、浅草寺では「観音さまの前に鬼はいない」ということで、「千秋万歳、福は内」っていうのが習わしなのだそうです。

龍頭の口より落つる秋の水

鈴木孝子

寸評 寺や神社の手水舎でよく見かける龍頭（たつがしら）。口から水が落ちているのは、いつものことですが、「秋ともなれば、どこにある水も澄み渡り、曇りなき名刀にたとえられる」と歳時記にあります。冷たく感じられるのも秋だから。手水舎にはまた、ひらひらと布が吊されていますが、これは、幸せを招く布という信仰から「招布」と書いて「まねぎ」と言います。「氷」と書いた、かき氷屋の布がありますね。あれも招布です。

蜘蛛の巣の編み上がるさま河童の忌

津野麗子

寸評 「河童忌（かっぱき）」とは、芥川龍之介の命日（七月二十四日）のこと。小説『河童』や河童の絵を好んで描いたことに由来するとか。同じく『蜘蛛の糸』は、わたしも朗読劇でやったことがある有名な作品。蜂の巣もそうだけど、どうして自然界では、あんな複雑なものを作れるのか、摩訶不思議。

※「文学忌（ぶんがくき）」→184ページ

ドンと鳴る六郷あたりの夕端居　津野麗子

寸評

神奈川県川崎市の六郷（ろくごう）。東京との北境を流れる多摩川の下流付近を六郷川と言い、その河川敷では毎年夏になると花火が上がります。作者のいるところからは見えないのでしょう。音だけを聞いている。「ドンと鳴る」だけでわかりますね。「端」とは家屋の端。つまり縁側など風通しのよいところで涼をとること。「夕端居（ゆうはしい）」と季語が重なるので、花火とは書いていません。

いかがでしたか？　最後は、あなたも一句どうぞ。

Q：俳句で遊ぶには？

A：句会より盛り上がる「袋回し」

俳句好きが集まって行う遊びの一つに「袋回し」というのがあります。わたしはよく、一杯飲み屋などでの二次会でやるのですが、たとえば、小さい紙きれや短冊などに、参加者それぞれが思いついたお題を書いて袋に入れる。新年だったら「初雪」という感じでね。

手ごろな袋がなかったら、封筒でも帽子でもなんでもいい。それを一人ずつ順番に引かせ、引き当てた言葉を使って、即興で句を作っていきます。自分が出したお題を自分で引いてしまう場合もあるけれど、ともかく作ってみるのです。

句会よりも気軽で、リラックスしているから、意外といいのができたりするんですよ。

句会はなんだか緊張するなんていう方にもおすすめです。

何十人もいたら準備するだけでも大変ですが、袋回しは、喫茶店でも自宅でもどこでも気軽にできます。少人数なら短時間で遊べるので、ぜひお試しを。

六章

俳句とともに東へ西へ

句作に慣れたら吟行へ
～白洲夫妻の「武相荘」（東京・町田）

俳句好きが集まって「句会」を開く。「句座」とも言います。互いに品評したりするので勉強になります。独りで黙々とやるより、腕を磨くなら絶対に効果的です。そういう場に慣れてくると、同好の士の友人ができますし、どこかに出かけましょうよ、なんてことになる。グループで小旅行やピクニックをしながら俳句を作ることを「吟行（ぎんこう）」と言います。

吟行に出かけると、花の名前や鳥の名前を知らなくても誰かが教えてくれます。「これがホトトギス草ですよ」なんてね。ちなみに、ホトトギスは、俳句の世界では有名な俳句誌の名前であるほか、草や鳥の名前、つまり季語ですから、実物を見ていろいろなことが学べます。

また、寺社仏閣などに行くと、そこの歴史や由来が書いてあります。歴史にくわしくなくても、そうした体験が刺激になって句作のヒントになることもあります。

以前、白洲次郎・正子夫妻が住んだという、東京の町田市にある「武相荘（ぶあいそう）」に吟行したことがあります。そのときにできたのがこちらの句。

竹の秋正子の書架に春団治

蒼蛙

時期は春。竹が葉を落としていました。一般に、樹木は秋に紅葉しますが、竹は春に黄色くなって葉を落とします。これを「竹の秋」と言い、春の季語です。

白洲正子さんの本棚に、落語家・桂春団治（初代）のことを書いた本がありました。正子さんは、『西行』や『わたしの古寺巡礼』を著した人ですから、春団治のことを調べていたのかなあ、と意外でおもしろいと思ったのです。

家の前は竹林で、その横の小さな山への入り口には石の道しるべがあり、「鈴鹿峠」なんて書いてあった。ご主人の次郎さんもユーモアのあった人なんだろうな。

環境が変われば、句も変わる
～海外でも句会（ハワイ・マウイ島）

二月に、ハワイのマウイ島に行ったことがあります。句会をやったことがない、という現地の俳句ファンの方たちと句会を開くのが目的でした。

マウイは、ホノルルなどと違って常夏じゃないんですね。ハイビスカスやブーゲンビリアの花が咲いているし、真っ青な空に南国の植物で鮮やかな原色の世界だけれど、寒くてビーチで泳ぐどころではありません。行くまでまったく知りませんでした。

ちょうどこの時期クジラが子育てに来ていて、陸からもジャンプしているのが見えました。そこで、句友は船に乗って沖にホエールウォッチングに出かけることに。船上からクジラの大ジャンプを間近でたのしもうという観光ツアーです。

マウイは、火山はあるけど川がないために、プランクトンや小魚がいないので、サメも来ない。サメが来なくて安全だから、クジラが子育てにやって来るんだそうです。

そこで、こんな一句が生まれました。

春潮の紺膨らませ巨鯨出ず

縦山木綿太

マウイの句会でダントツの特選になった句友の作。「春潮（しゅんちょう）」は、ゆったりとした春の海のこと。月が地球に及ぼす引力と重力の関係から、水かさが増えるそうです。それは見事な紺色でした。そこから巨鯨がうわーっと出てきたときの感動が、そのまま句になりました。この句は、「鯨」が冬の季語なので「季重なり」ですが、吟行の場合、実際に見たことなので許容範囲とされています。

句会には、マウイに嫁いで、五十年になるという方も参加。会場となったお宅では、生け花が飾られ、抹茶も立ててくださり、日本より日本を感じることができました。見るもの、聞くもの、句作は観察から始まります。環境が変われば、気分も変わる。ふだん当たり前だったことも新鮮に思えたり、新しい着想が生まれることも少なくありません。名所旧跡でなくとも、近所の公園や、見慣れた場所でもいいのです。俳句のヒントはそこかしこにあるはずです。

人のやさしさに触れて
～「木守柿」の思い出（埼玉・秩父）

埼玉県の秩父へ、毎年のように吟行に行っていた時期があります。ある朝、早くに目が覚めてしまい、あてもなく外に出ました。朝霧の中を歩いていると、「木守柿（きもりがき）」がありました。

木守柿というのは、人間が鳥たちのために一つ二つ残してあげるというのと、全部採らないほうが次の年もたくさん実るとも言われているのです。人間ってやさしいなあ、と感じさせてくれる季語です。

秩父は、俳句に縁の深い土地。岩魚や山女魚を囲炉裏で焼き、それを熱燗の中に入れた骨酒をたのしみながら、宿のおかみさんが唄う「秩父音頭」を聴かせてくれます。この秩父音頭って何十番まであって、それをまとめたのが、俳人の金子兜太先生のお父上だったそうです。吟行に出かけると、少し物知りになります。

そんな秩父の思い出を句に詠んでみました。

空の音山の音聞き木守柿

蒼蛙

「空の音」は、雷だったり、風の音だったり、「山の音」は、風で木が揺れる音だったり、あるいは獣の声だったり。そんな自然の音に囲まれながら、木守柿がぽつんと立っているというだけの句ですが、我ながらいいなあと思います。賜ったことに感謝です。

その昔秩父は海よ鰯雲

蒼蛙

駅までマイクロバスまで送ってくれた宿のおかみさんが、ふと「ここらへんは昔、海だったのよね〜」と言いました。「え？　秩父って山じゃない？」と聞くと、「貝がいっぱい出るのよ」って。「へ〜」。この話を聞いて、海の底から空を見上げたら鰯雲（いわしぐも）が魚群に見えた、という句ができました。

寄り道エッセイ

俳人・金子兜太先生のこと

小林一茶や種田山頭火の研究家として知られる金子兜太先生は、俳人としては〝社会派〟と言われていたけど、前衛的な句もたくさんあります。その一つがこちら。

銀行員ら朝より蛍光す烏賊のごとく　（『金子兜太句集』所収）

丸の内だかオフィス街でサラリーマンのワイシャツが「烏賊（イカ）のように蛍光している」と詠んだユニークな句です。独特の観察眼で、こんな句もあります。

梅咲いて庭中に青鮫が来ている　（『遊牧集』）所収）
曼珠沙華どれも腹出し秩父の子　（『少年』所収）
人体冷えて東北白い花盛り　（『蜿蜿』所収）

なんといっても、たとえがすごい。とくに「人体冷えて」の表現は新しいな、と。

兜太先生は、戦時中、西太平洋のトラック諸島（現・チューク諸島）で生き残った中のおひとり。それで日本に戻られてから、戦前に入行していた日本銀行に復職するんだけど、高校生のころから親しんでいた俳句を続け、晩年には、現代俳句協会会長や朝日俳壇選者などを歴任。俳壇の中心的な人物として活躍されました。

ご自身の俳句の創作法を早くに確立されていたものの、主宰を務める結社「海程（かいてい）」では「俳諧自由」を掲げ、句作においては詠み手のそれぞれが個性を発揮できるようアドバイスされました。

これは、お父上（金子元春さん）の影響も多分にあるのでしょう。「秩父音頭」を編纂して復興させたことで知られるお父上は、秩父で開業医の傍ら、俳句もやっていらした（俳号・伊昔紅《いせきこう》）。兜太先生が幼少のころ、俳句のことで言い争いになる父親たちの姿を見ていて、俳句なんてどこがおもしろいのかね、と思ったと言います。

俳句というのは、情念が凝縮されて濃密だったりするので、互いに譲れないものがあるのかなあ。そういう人同士の句会は、けんかになりやすいのでしょうね。

兜太先生の俳句観にふれたい方は、ぜひ句集や著作をご覧になってみてください。

吟行しても句ができない…
～夢二忌俳句大会（群馬・伊香保）

群馬県の榛名湖《はるなこ》のほとりにある竹久夢二伊香保記念館の館長・木暮享さんのご子息で俳人の木暮陶句郎さん主宰の「夢二忌俳句大会」に毎年参加しています。全国から大勢の俳人が集まる、かなり大がかりなイベントです。

夢二の命日が九月一日なので、その前日に前夜祭があって、当日は、会場近くの花野を散策して吟行するのが恒例となっています。ちょうど尾瀬のような日光黄萓（ニッコウキスゲ）や吾亦紅（ワレモコウ）、芒（ススキ）がある湿地帯です。

実を言えば、わたし自身は吟行で句作するのが得意じゃないので、例によって、季語ばかりメモしたりしていたのですが、あるとき、現地に行く前に想像で句を作ったことがありました。それが、ひょんなことから賞をいただいたりしまして……。

現地ではいいのができなくて、行く前の想像で句ができる。ちょっと皮肉な感じもしますが、それでもいいんだ、と自分では納得しています。

一夜明けてけふの花野の佇まい

蒼蛙

この句は、花野の佇まいがどんなだったのかは説明していません。読み手は、前日の天候は雨だったのかしら、それとも……などと想像するしかないわけです。そこに余韻が生まれます。現実の天候や情景が雨だろうが風だろうが、どっちでもいいわけです。

高峰三枝子さんの「湖畔の宿」で〝山の寂しい湖に〟と歌われたのが、榛名湖だそうです。毎年の夢二忌俳句大会は、わたしのたのしみの一つになっています。

あるとき、前夜祭での懇親会で簡単な手品をやったのですが、毎年やれ、と主宰の陶句郎さんに言われ、手品のベンキョーもなかなか大変です。

正岡子規の「糸瓜三句」

～子規記念博物館（愛媛・松山）

九月十九日は正岡子規の命日です。ＮＨＫの「俳句王国」という番組で愛媛に行ったときに、同行していたマネージャーが「どうせなら道後温泉に入ってから帰りませんか」と言うので、少し足を伸ばして立ち寄ることにしました。そしたら近くに松山市立「子規記念博物館」というのがあることがわかり、これは見逃せない、と。

記念館には、子規の生涯にわたって作品やら思い出の品などが展示してありました。ぐるっと見てまわると、突きあたりにはこんな展示がありました。

糸瓜咲て痰のつまりし佛かな
痰一斗糸瓜の水も間にあはず
をと、ひのへちまの水も取らざりき

これが絶筆として有名な「糸瓜（へちま）三句」です。

実際には、弟子に色紙を持ってこさせ、自ら筆を執って書き付けたので、こんなふうに整然と並んでいるわけじゃないけれど。痰切りによいとされる糸瓜の水は子規にとって生の象徴だったのでしょうか。この三句を詠んだ直後に意識を失い、翌日の未明に息を引き取ったそうです。三十六歳という若さでした。
そんな子規の記念館でできた句を二つほど。

子規の句や糸瓜は悲しきものと知る　蒼蛙

金子兜太先生の「俳句添削塾」に出したら、「糸瓜というのはユーモラスなもので、悲しいと思ったことはなかったけれど、小倉さんはそこをよく考えた。子規の人生は悲しいもので、糸瓜は悲しい、よくそこを捉まえたね」と。

ようおいでたぞなもしみかんのはな　蒼蛙

愛媛が、みかんの花が、「ウェルカム」と迎えてくれた、という気持ち。わざと平仮名ばっかりで。これも、兜太先生が「おもしろい」とほめてくださいました。

心象風景を詠む

～恒例の北山公園（東京・東村山）

俳句について、正岡子規は「写生」と言い、高浜虚子は「客観写生」と言ったとか。そんな大先生方の向こうを張るようでいささか畏れ多いのですが、わたしは、それに「想像」という要素を加えたいと思います。心象風景と言ってもいいでしょう。

つまり、俳句で描く世界は事実や現実に限らなくてもいい、ということです。

とはいえ、何もすべてを想像で、一〇〇パーセント創作で、と言っているわけじゃありません。俳句は、季節の風景や自然の恵みに対する感動や驚きを句にすることが多いのですが、たとえば、実際にはお天気でも想像で雨を降らせてみたらどうでしょう。あるいは、そこにいない人やものを風景の中に立たせてみたら。男性だけど女性の立場で詠んだら……。また趣の違った句にできるのではないでしょうか。

嘘やでっちあげというと言葉が悪いけど、俳句は文学表現と思えば、事実でなくてもいい。想像の世界、フィクションを詠んでもいいんだ、ということです。

梨の花多摩の丘より雨の來る

蒼蛙

東京・東村山にある北山公園に行ったときの句。この公園は、毎年六月に菖蒲祭りで賑わう名所です。後ろには八国山（はちこくやま）があり、毎年、菖蒲の句を作りに通っていいます。帰りに梨園を見てできた句なのですが、実際には雨は降っていませんでした。そこより南の多摩丘陵から雨が降ってきたら……と想像したのです。

昃りてまた陽の射して花菖蒲

蒼蛙

太陽に雲が重なり日陰りました。「昃」は「ひかげ」と読みます。やがて雲もどいて、花菖蒲が明るく見えました。この句も、北山公園で暗くなってからできました。

寄り道エッセイ

漂泊俳人・井上井月のこと

残念ながらまだ日の目は見ていませんが、俳人の井上井月《いのうえせいげつ》という人を映画にしたいと思ってシナリオを書いたことがありました。

――侍だった人が乞食になって、三十年間、信州の伊那に住みついた。そこで、俳句を教えていた。だけど、家はもたなかったそうで、お寺の縁の下などで寝ていた。たまに小遣いが貯まると、旅館に泊まったりもしたらしいんだけど、蚤シラミだらけだし、酔って粗相をしたりして、嫌われ者だったそうです。

井月は、「漂泊俳人（詩人）」なんて称される通り、幕末から明治初期にかけて放浪・漂泊を繰り返しながら数多くの句を残していますが、素直な句が多いんです。

菜の花の小径を行くや旅役者
蝶に気のほぐれて杖の軽さかな
よき草も数多が中に芹薺　　井月

とかね。意外なほど、ふつうの言葉で詠んでいて、なるほどな、と。
後世、芥川龍之介や、つげ義春など多くの人に影響を与えていますが、なかでも「行乞（ぎょうこつ）の俳人」と言われる種田山頭火が、この人をとても敬愛していました。思いが募って、昭和何年かに会いに行くんだけど、肺炎を起こして松本あたりで入院しちゃって。名古屋経由で伊那に来たらしいんだけど、このときは帰るしかなかった。で、昭和十四年に再び来て、井月の墓前で、こんな四句を詠んだそうです。

お墓したしくお酒をそゝぐ
お墓撫でさすりつゝはるばるまゐりました
駒ヶ根をまへにいつもひとりでしたね
供へるものとては野の木瓜二枝三枝　　山頭火

山頭火は、日記の中に「私は芭蕉や一茶のことはあまり考えない、いつも考えているのは（八十村《やそむら》）路通《ろつう》や井月のことである」と記していたそうです。

あとがき

俳句は、人生そのもの

私事で恐縮ですが、二〇一九年三月、妻が突然激しい頭痛に襲われ、検査の結果、左脳大動脈瘤破裂（クモ膜下出血）とわかり、緊急に手術をすることになりました。

5ミリほどの瘤が破裂し、そのまま出血が続けば死に至るという深刻な病状でしたが、かろうじて破れたところが閉じていたのです。手術は成功したものの、術後には後遺症が残る、と医者から言われました。出血が左脳側だったため、右半身に後遺症が出るというのです。実際、妻の場合は右手の握力が弱くなってしまいました。

さらに困ったのは、言葉が出ないことです。夫であるわたしの名前がわからないのです。わたしが「田村正和です」と言うと、即座に「それはない」と否定するので、その冗談はハッキリわかったようで……少し安心したものです。

あるとき、「レモンを買って来て」というので「レモンが食べたいの?」と聞くと、

「食べ物じゃない」と言う。「これくらいの大きさで」と両掌《りょうて》で示すのですが、わたしにはわからない。まるで、連想ゲームのようです。

果たして、そのレモンとは、病室でテレビを観るためのプリペイドカードのことでした。物の名前（単語）がうまく言えなかったり、まったく違う名称になってしまうのです。じつは、妻の入院中、妻の母（九十歳）を独り家に置くわけにもいかず、近くの施設にホームステイしてもらうことになりました。その間、俳優としての仕事をこなしながら、病院と施設に通う日々が続きました。

一番難儀だったのは、事務的な手続きの多さでした。妻の入院や手術、義母の入所やらなんやらで、たくさんの書類を書いたり、サインしなければなりません。しばらく、句作から遠ざかった一つの原因だったように思います。

何より、わたしの頭の中では常に「いのちとは」「生きることとは」という思いや問いかけがぐるぐると駆け巡っていました。大切な家族を喪うかもしれない、人の生死という大問題が、すぐ目の前にあったのですから。

妻が倒れてからというもの、とにかく、句を作る気持ちになれない。俳句アタマになれませんでした。

半年と言われていた妻の入院生活は、思っていたより早く終えることができました。いまも通院とリハビリは続いていますが、徐々に普段の生活が戻りつつあります。初めは、簡単な足し算も「あいうえお」も書けなかった妻が元気になってきたことで、わたしにも俳句が戻って来ました。そして、生まれたのがこんな句です。

退院の妻は下戸なり水羊羹
姫女苑妻のあと付く散歩かな
耕運機の動き止めたる溽暑かな
みぎひだり解らぬ妻や梅雨に入る
傍らに無口な妻や夕端居
二人して食後のくすり金魚玉

最後の句は、まず「夫婦して食後の薬」っていうフレーズができました。妻はもちろん、薬を服用しているし、わたしはわたしで血圧やコレステロールの薬を飲んでいます。食事の後は、薬を飲むための水を用意したりしなくちゃいけない。どこの家庭にもある風景でしょう。

そして、「夫婦」ってはっきり言わないのが俳句だから、「二人して」に変えてみました。読む人があとから、この二人は夫婦かな、って想像してくれればいいのです。

次は、季語をあつらえる番です。

薬を飲むこと自体、あんまりたのしい行為じゃないし、毎日のことだから、もっと穏やかな季語を合わせたいな、とぼんやり考えていました。たとえば、「夏の月」という季語。だけど、いまひとつピンときません。

なんかないかな、と考えるうちに、二人だけじゃなくて他にも誰かがいたほうがいいな。人間じゃないとすると、そうだ、金魚だ、と思いつきました。

実際にはわが家に金魚はいませんけど、金魚を飼っているご家庭はさほどめずらしくないですよね。

そこで、「金魚玉」という季語を選びました。金魚鉢のことです。二人は金魚を慈しんで見つめている。逆に、金魚も二人のことを鉢の中から見つめている。金魚玉という季語がいちばんいいな、って思って「あ、できた」。

いいフレーズが浮かんだら、とにかくメモっておく。そうして、あとからぴったりした季語を見つければいいのです。いや、心配しなくても見つかります。そのために、「歳時記」という便利なものがあるのですから。

やはり俳句は、生活の中から出てくるものです。「いのち」とか「生と死」といった切実な思いがアタマから抜けないうちは、俳句を作る気分になれませんでした。日常の暮らしが戻ってきたら、俳句が戻ってきたのです。

たまたま、妻の入院という出来事が起こった。それ自体は悲しいことだし、病気なんかならないほうがいいに決まっているけれど、起こった現実をそのまま受け入れることで、結果として、新たな句を賜ることができた。そんな気がしてなりません。

日々の暮らしの中から浮かんできた、聞こえてきた、見つけた言葉を紡いで一句にする。これは本当に、一生のたのしみになるものです。

読者のみなさんも、どうか俳句を続けていっていただければ、と切に願っています。

最後になりましたが、本書の出版にあたり、お世話になった日本実業出版社の杉本淳一さん、松尾由子さん、デザイナーの丸山尚子さん、そして、カメラマンの浅野剛さんに心より感謝いたします。

また、掲載させていただいた俳句の作者各位に謹んで御礼を申し上げます。

小倉蒼蛙

資料①

季節のとらえ方
～二十四節気七十二候

日本では、古来から季節の細やかな移り変わりを感じながら過ごしてきました。その目安となったのが「二十四節気（にじゅうしせっき）七十二候（しちじゅうにこう）」です。

もともとは古代中国で作られたものを、江戸期に入り、日本の気候・風土に合わせて改変しました。現在使われているのは、明治期にできた「略本暦（太陽暦を簡略化した暦）」によるものです。

二十四節気は一年三六五日を二十四に区切り、立春（りっしゅん）から大寒（だいかん）で締めくくります。いずれも季語です。

一方、七十二候は各節気をさらに三つずつに区切り、「桜始開（さくらはじめてひらく）」「涼風至（すずかぜいたる）」など、自然の移り変わりや動植物の様子から名付けたものがほとんどで、季語につながる表現です（↓180ページ）。

ながめているだけでも季節が感じられ、句作のヒントが見つかるかもしれません。

＊旧＝旧暦。新暦（太陽暦）採用以前の旧暦（太陰太陽暦／陰暦）の季節感は、現在の感覚とほぼ1か月のズレがあります。

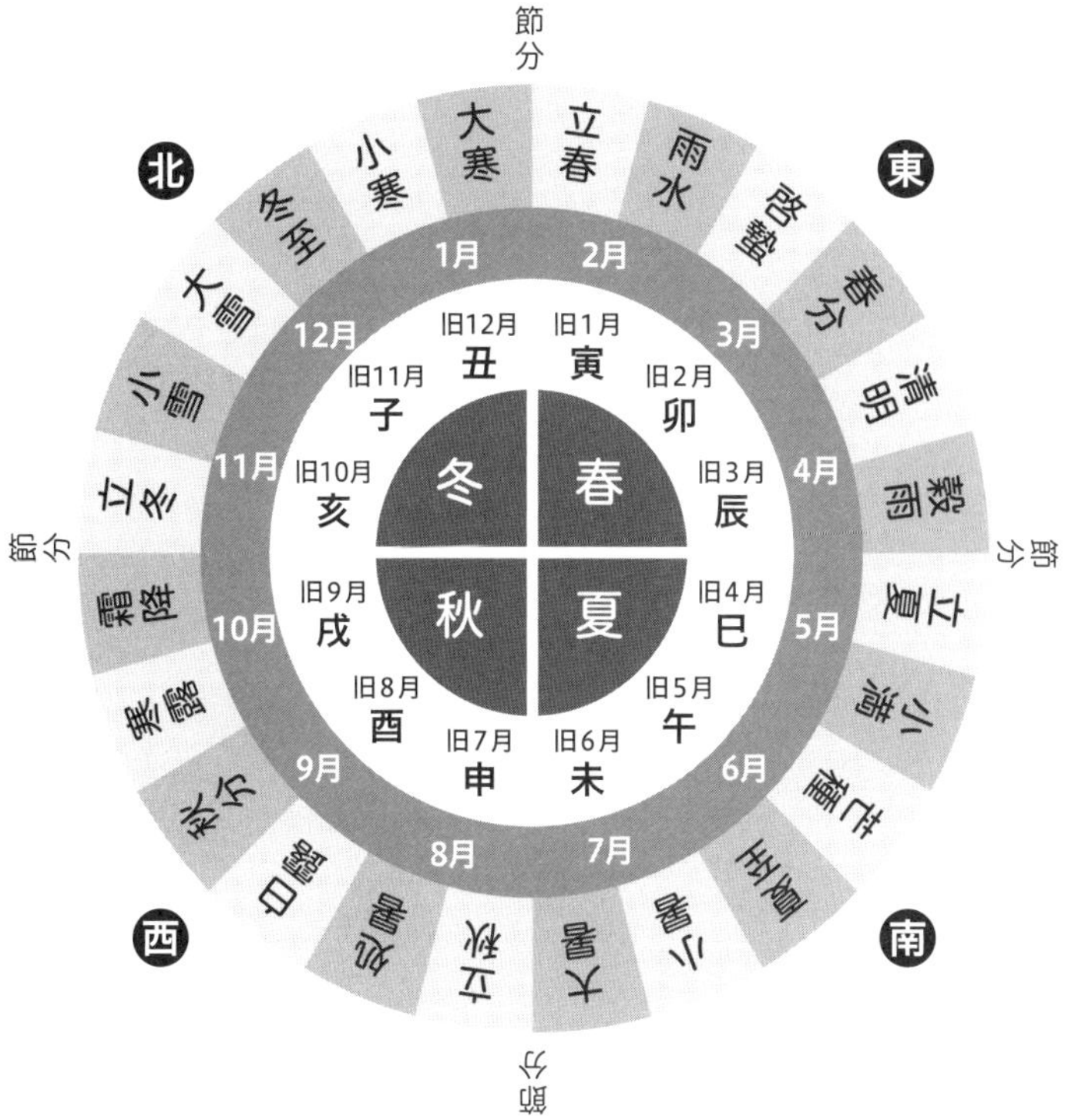

◆五節句◆

1月7日（人日《じんじつ》＝七草の節句）　3月3日（上巳《じょうし》＝桃の節句）
5月5日（端午《たんご》＝菖蒲の節句）　7月7日（七夕《しちせき》＝笹の節句）
9月9日（重陽《ちょうよう》＝菊の節句）

春

◆二十四節気七十二候◆

二十四節気	七十二候	略本暦（日本） 名称	意味
立春《りっしゅん》 2/4～17ごろ	初候	東風解凍（こちこおりをとく）	春の風が厚い氷を解かし始める
	次候	黄鶯睍睆（うぐいすなく）	山里で鶯が鳴き始める
	末候	魚上氷（うおこおりをいづる）	割れた氷の間から魚が飛び跳ねる
雨水《うすい》 2/18～3/4ごろ	初候	土脉潤起（つちのしょううるおいおこる）	雨が降って大地がうるおい始める
	次候	霞始靆（かすみはじめてたなびく）	春の霞がたなびき始める
	末候	草木萌動（そうもくめばえいづる）	草木が芽吹き始める
啓蟄《けいちつ》 3/5～19ごろ	初候	蟄虫啓戸（すごもりむしとをひらく）	冬ごもりしていた生きものが出てくる
	次候	桃始笑（ももはじめてさく）	桃の花が咲き始める
	末候	菜虫化蝶（なむしちょうとなる）	青虫が羽化して紋白蝶になる
春分《しゅんぶん》 3/20～4/4ごろ	初候	雀始巣（すずめはじめてすくう）	雀が巣をつくり始める
	次候	桜始開（さくらはじめてひらく）	桜の花が咲き始める
	末候	雷乃発声（かみなりすなわちこえをはっす）	春の訪れを告げる雷が鳴り始める
清明《せいめい》 4/5～19ごろ	初候	玄鳥至（つばめきたる）	燕が南の国から渡って来る
	次候	鴻雁北（こうがんきたへかえる）	雁が北へ渡って（帰って）行く
	末候	虹始見（にじはじめてあらわる）	雨上がりに虹が見え始める
穀雨《こくう》 4/20～5/4ごろ	初候	葭始生（あしはじめてしょうず）	水辺の葦が芽吹き始める
	次候	霜止出苗（しもやんでなえいづる）	霜が終わり、稲の苗が生長する
	末候	牡丹華（ぼたんはなさく）	牡丹の大きな花が咲く

暦要項……http://eco.mtk.nao.ac.jp/koyomi/yoko/

夏

二十四節気	七十二候	略本暦（日本）	
		名称	意味
立夏《りっか》 5/5～20ごろ	初候	蛙始鳴（かわずはじめてなく）	蛙が鳴き始める
	次候	蚯蚓出（みみずいづる）	蚯蚓が地上に這い出てくる
	末候	竹笋生（たけのこしょうず）	筍が生えてくる
小満《しょうまん》 5/21～6/4ごろ	初候	蚕起食桑（かいこおきてくわをはむ）	蚕が桑の葉を盛んに食べ始める
	次候	紅花栄（べにばなさかう）	紅花が咲きほこる
	末候	麦秋至（むぎのときいたる）	麦の穂が実り始める
芒種《ぼうしゅ》 6/5～20ごろ	初候	蟷螂生（かまきりしょうず）	蟷螂が卵からかえる
	次候	腐草為蛍（くされたるくさほたるとなる）	草の中から蛍が出てきて光を放つ
	末候	梅子黄（うめのみきばむ）	梅の実が黄ばんで熟す
夏至《げし》 6/21～7/6ごろ	初候	乃東枯（なつかれくさかるる）	夏枯草の花が枯れたように見える
	次候	菖蒲華（あやめはなさく）	あやめの花が咲き始める
	末候	半夏生（はんげしょうず）	半夏＝烏柄杓（からすびしゃく）が生え始める
小暑《しょうしょ》 7/7～22ごろ	初候	温風至（あつかぜいたる）	暖い風が吹いて来る
	次候	蓮始開（はすはじめてひらく）	蓮の花が開き始める
	末候	鷹乃学習（たかすなわちわざをなす）	鷹の幼鳥が飛び方を覚える
大暑《たいしょ》 7/23～8/6ごろ	初候	桐始結花（きりはじめてはなをむすぶ）	桐の花が実を結び始める
	次候	土潤溽暑（つちうるおうてむしあつし）	土が湿って蒸し暑くなる
	末候	大雨時行（たいうときどきにふる）	ときどき大雨が降るようになる

＊「二十四節気」の日付は年によって異なります。正式な日付は、国立天文台の暦計算室が毎年発表する「暦要項」でわかります。

秋

二十四節気	七十二候	略本暦（日本）	
		名称	意味
立秋《りっしゅう》	初候	涼風至（すずかぜいたる）	涼しい風が吹き始める
	次候	寒蝉鳴（ひぐらしなく）	蜩がカナカナと甲高く鳴き始める
8/7～22ごろ	末候	蒙霧升降（ふかききりまとう）	深い霧が立ち込める
処暑《しょしょ》	初候	綿柎開（わたのはなしべひらく）	綿を包む萼（がく）が開き始める
	次候	天地始粛（てんちはじめてさむし）	ようやく天地の暑さが鎮まってくる
8/23～9/6ごろ	末候	禾乃登（こくものすなわちみのる）	稲が実り、穂を垂らす
白露《はくろ》	初候	草露白（くさのつゆしろし）	草に降りた露が白く光って見える
	次候	鶺鴒鳴（せきれいなく）	鶺鴒（せきれい）が鳴き始める
9/7～21ごろ	末候	玄鳥去（つばめさる）	燕が子育てを終えて南へ帰って行く
秋分《しゅうぶん》	初候	雷乃収声（かみなりすなわちこえをおさむ）	雷が鳴り響かなくなる
	次候	蟄虫坏戸（むしかくれてとをふさぐ）	桜虫たちが土中にもぐり、掘った穴をふさぐ
9/22～10/7ごろ	末候	水始涸（みずはじめてかる）	田畑の水を抜き、稲刈りの準備が始まる
寒露《かんろ》	初候	鴻雁来（こうがんきたる）	北へ帰っていた雁がふたたび渡ってくる
	次候	菊花開（きくのはなひらく）	菊の花が咲き始める
10/8～22ごろ	末候	蟋蟀在戸（きりぎりすとにあり）	蟋蟀（こおろぎ）＝秋の虫が戸口で鳴き始める
霜降《そうこう》	初候	霜始降（しもはじめてふる）	山里に霜が降り始める
	次候	霎時施（こさめときどきふる）	ときどき小雨がしとしと降る（霎＝しぐれ、とも）
10/23～11/6ごろ	末候	楓蔦黄（もみじつたきばむ）	楓＝もみじや蔦の葉が赤や黄に色づく

冬

二十四節気	七十二候	略本暦（日本）	
		名称	意味
立冬《りっとう》 11/7～21ごろ	初候	山茶始開（つばきはじめてひらく）	山茶花（さざんか）が咲き始める
	次候	地始凍（ちはじめてこおる）	大地が凍り始める
	末候	金盞香（きんせんかさく）	水仙の花が咲き、芳香を放ち始める
小雪《しょうせつ》 11/22～12/6ごろ	初候	虹蔵不見（にじかくれてみえず）	陽の光が弱まり、虹を見かけなくなる
	次候	朔風払葉（きたかぜこのはをはらう）	北風が木の葉を払い除ける
	末候	橘始黄（たちばなはじめてきばむ）	橘の実が黄色く色づき始める
大雪《たいせつ》 12/7～21ごろ	初候	閉塞成冬（そらさむくふゆとなる）	空が閉ざされ、重苦しい真冬となる
	次候	熊蟄穴（くまあなにこもる）	熊が冬眠で穴に入って冬ごもりする
	末候	鱖魚群（さけのうおむらがる）	鮭が群がって、川を上る
冬至《とうじ》 12/22～1/4ごろ	初候	乃東生（なつかれくさしょうず）	夏枯草が芽を出す
	次候	麋角解（おおしかのつのおつる）	大鹿の角が落ちる
	末候	雪下出麦（ゆきわたりてむぎいづる）	雪の下で麦が芽を出す
小寒《しょうかん》 1/5～19ごろ	初候	芹乃栄（せりすなわちさかう）	七草のひとつ、芹が旺盛に育つ
	次候	水泉動（しみずあたたかをふくむ）	地中で凍っていた泉が動き始める
	末候	雉始雊（きじはじめてなく）	雄の雉が鳴き始める
大寒《だいかん》 1/20～2/3ごろ	初候	款冬華（ふきのはなさく）	雪の下から蕗の薹（ふきのとう）が顔を出す
	次候	水沢腹堅（さわみずこおりつめる）	沢に氷が厚く張りつめる
	末候	鶏始乳（にわとりはじめてとやにつく）	春が近づき、鶏が卵を産み始める

著名な文人の忌日を、雅号やペンネーム、代表作などにちなんで名付け、その人を偲ぶ日。忌日を詠み込んだ句は「忌日俳句」と呼ばれます。季語の一種ですが、忌日は季節感が伝わりにくいため、句に詠むときは同じ季節で別の季語を重ねたほうがよいでしょう。

3月 弥生（やよい）

1日：幻花忌（今官一）
2日：亡羊忌（村野四郎）
3日：立子忌（星野立子）
3日：草堂忌（山口草堂）
6日：寛忌（菊池寛）
11日：宋淵忌（中川宋淵）
12日：菜の花忌（伊東静雄）
13日：花幻忌（原民喜）
13日：野想忌（内田康夫）
14日：元麿忌（千家元麿）
16日：横超忌（吉本隆明）
17日：薔薇忌（塩月赳）
17日：月斗忌（青木月斗）
21日：九山忌（深田久弥）
22日：貝殻忌（新美南吉）
24日：檸檬忌（梶井基次郎）
24日：マキノ忌（牧野信一）
26日：犀星忌（室生犀星）
26日：誓子忌（山口誓子）
26日：冬柏忌／鉄幹忌（与謝野鉄幹）
28日：邂逅忌（椎名麟三）
29日：風信子忌（立原道造）

4月 卯月（うづき）

1日：三鬼忌／西東忌（西東三鬼）
1日：愛子忌（森田愛子）
2日：連翹忌（高村光太郎）
5日：達治忌（三好達治）
7日：放哉忌（尾崎放哉）
7日：鷹女忌（三橋鷹女）
8日：虚子忌／椿寿忌（高浜虚子）
9日：吉里吉里忌（井上ひさし）
9日：実篤忌（武者小路実篤）
13日：啄木忌（石川啄木）
15日：登美子忌（山川登美子）
16日：康成忌（川端康成）
16日：雄老忌（藤枝静男）
20日：木蓮忌（内田百閒）
20日：菜の花忌（前田夕暮）
30日：荷風忌（永井荷風）
30日：ひとひら忌（渡辺淳一）

資料❷ おもな「文学忌」

1月 睦月（むつき）

2日：夾竹桃忌／花逢忌（檀一雄）

9日：青々忌（松瀬青々）

10日：善哉忌（織田作之助）

11日：一一一《いちいちいち》忌（山本有三）

20日：乙字忌（大須賀乙字）

21日：久女忌（杉田久女）

21日：大寒忌（里見弴）

24日：葦平忌（火野葦平）

26日：寒梅忌（藤沢周平）

27日：雨情忌（野口雨情）

29日：草城忌（日野草城）

29日：翌檜忌（井上靖）

31日：氷柱忌（高橋揆一郎）

2月 如月（きさらぎ）

1日：碧梧桐忌（河東碧梧桐）

3日：雪池忌（福澤諭吉）

3日：康治忌（小林康治）

6日：句仏忌（大谷句仏）

8日：節忌（長塚節）

8日：友二忌（石塚友二）

9日：治虫忌（手塚治虫）

12日：菜の花忌（司馬遼太郎）

14日：周五郎忌（山本周五郎）

15日：利玄忌（木下利玄）

15日：孟宗忌（徳永直）

17日：安吾忌（坂口安吾）

18日：かの子忌（岡本かの子）

19日：瓢々忌（尾崎士郎）

19日：アンドロメダ忌（埴谷雄高）

20日：鳴雪忌（内藤鳴雪）

20日：多喜二忌（小林多喜二）

22日：風生忌（富安風生）

24日：不器男忌（芝不器男）

24日：南国忌（直木三十五）

25日：茂吉忌（斎藤茂吉）

25日：龍太忌（飯田龍太）

26日：周遊忌（宮脇俊三）

26日：朱鳥忌（野見山朱鳥）

28日：逍遙忌（坪内逍遙）

29日：三汀忌／海棠忌（久米正雄）

春

立春〜立夏の前日まで

7月 文月（ふみづき／ふづき）

1日：橄欖忌（瀧口修造）
2日：零余子忌（長谷川零余子）
2日：風三楼忌（岸風三楼）
3日：楸邨忌（加藤楸邨）
3日：紅玉忌（後藤竜二）
8日：重信忌（高柳重信）
8日：敦忌（安住敦）
8日：裕計忌（多田裕計）
9日：鷗外忌（森鷗外）
10日：鱒二忌（井伏鱒二）
13日：艸心忌（吉野秀雄）
17日：秋櫻子忌／紫陽花忌／群青忌／喜雨亭忌（水原秋櫻子）
17日：茅舎忌（川端茅舎）
19日：幻化忌（梅崎春生）
24日：河童忌／龍之介忌／我鬼忌（芥川龍之介）
25日：不死男忌（秋元不死男）
26日：せんべろ忌（中島らも）
28日：石榴忌（江戸川乱歩）
29日：園生忌（辻邦生）
30日：蝸牛忌／露伴忌（幸田露伴）
30日：左千夫忌（伊藤左千夫）
30日：谷崎忌／潤一郎忌（谷崎潤一郎）
30日：弦斎忌（村井弦斎）

8月 葉月（はづき）

3日：しづの女忌（竹下しづの女）
4日：夕爾忌（木下夕爾）
5日：草田男忌（中村草田男）
8日：國男忌（柳田國男）
8日：普羅忌（前田普羅）
10日：西鶴忌（井原西鶴・旧暦）※
11日：千樫忌（古泉千樫）
12日：健次忌（中上健次）
13日：水巴忌（渡辺水巴）
17日：荒磯忌（高見順）
19日：義秀忌（中山義秀）
21日：林火忌（大野林火）
21日：辰之助忌（石橋辰之助）
22日：藤村忌（島崎藤村）
24日：くちなし忌（中野重治）
30日：有吉忌（有吉佐和子）

秋

立秋～立冬の前日まで

5月 皐月（さつき）

4日：修司忌（寺山修司）
4日：苜蓿忌（広部英一）
6日：万太郎忌／傘雨忌（久保田万太郎）
6日：春夫忌（佐藤春夫）
7日：健吉忌（山本健吉）
9日：泡鳴忌（岩野泡鳴）
10日：四迷忌（二葉亭四迷）
11日：朔太郎忌（萩原朔太郎）
11日：梶葉忌（梶山季之）
11日：たかし忌／ぼたん忌（松本たかし）
13日：花袋忌（田山花袋）
16日：透谷忌（北村透谷）
20日：井泉水忌（荻原井泉水）
24日：らいてう忌（平塚雷鳥）
28日：辰雄忌（堀辰雄）
29日：白桜忌／晶子忌（与謝野晶子）
29日：多佳子忌（橋本多佳子）
31日：青峰忌（嶋田青峰）

6月 水無月（みなづき）

3日：紅緑忌（佐藤紅緑）
7日：寸心忌（西田幾多郎）
9日：星座忌・武郎忌（有島武郎）
10日：薄桜忌（宇野千代）
13日：桜桃忌（太宰治）
17日：波津女忌（山口波津女）
23日：独歩忌（国木田独歩）
24日：五月雨忌（村下孝蔵）
28日：芙美子忌（林芙美子）
29日：爽雨忌（皆吉爽雨）
30日：光晴忌（金子光晴）

夏
立夏～立秋の前日まで

※旧暦（太陰太陽暦／陰暦）の場合は、現在使われている新暦（太陽暦）とほぼ1か月のズレがあります（正式には新旧換算した日付になります）。

11月 霜月（しもつき）

2日：白秋祭（北原白秋）
6日：含羞忌／桂郎忌（石川桂郎）
6日：花蓑忌（鈴木花蓑）
9日：風祭忌（八木義徳）
11日：亜浪忌（臼田亜浪）
12日：島尾忌（島尾敏雄）
15日：紙舟忌（星野哲郎）
18日：秋声忌（徳田秋声）
19日：勇忌／紅燈忌（吉井勇）
19日：一茶忌（小林一茶・旧暦）※
20日：長長忌（小熊秀雄）
20日：夢喰忌（松永延造）
20日：恆存忌（福田恆存）
21日：八一忌／秋艸忌／渾斎忌（會津八一）
21日：惜命忌／波郷忌／風鶴忌（石田波郷）
21日：葱忌（則武三雄）
23日：一葉忌（樋口一葉）
24日：斜陽忌（太田静子）
25日：三島忌／憂国忌（三島由紀夫）
30日：ゲゲゲ忌（水木しげる）

12月 師走（しわす）

8日：暮鳥忌（山村暮鳥）
8日：文明忌（土屋文明）
9日：漱石忌（夏目漱石）
9日：開高忌／悠々忌（開高健）
10日：黒鳥忌（中井英夫）
13日：瓠堂忌（安岡正篤）
15日：青邨忌（山口青邨）
15日：どんざ忌（木田金次郎）
20日：石鼎忌（原石鼎）
22日：青畝忌（阿波野青畝）
25日：蕪村忌／春星忌／夜半亭忌（与謝蕪村・旧暦）※
27日：夕焼忌（椋鳩十）
30日：横光忌（横光利一）
30日：ホシヅル忌（星新一）
31日：寅彦忌（寺田寅彦）
31日：一碧楼忌（中塚一碧楼）

新年

正月（元日～1/15）

9月 長月（ながつき）

1日： 木歩忌（富田木歩）
1日： 夢二忌（竹久夢二）
1日： 柏翠忌（伊藤柏翠）
3日： 迢空忌（折口信夫）
7日： 鏡花忌（泉鏡花）
7日： 英治忌（吉川英治）
8日： 帰雁忌（水上勉）
10日： みどり女忌（阿部みどり女）
17日： 牧水忌（若山牧水）
17日： 鬼城忌（村上鬼城）
17日： 鳳作忌（篠原鳳作）
18日： 蘆花忌（徳冨蘆花）
19日： 子規忌/糸瓜忌/獺祭忌（正岡子規）
20日： 汀女忌（中村汀女）
21日： 賢治忌（宮澤賢治）
21日： 広津和郎忌（広津和郎）
22日： かな女忌（長谷川かな女）
26日： 八雲忌（小泉八雲）
26日： 秀野忌（石橋秀野）
29日： 周作忌（遠藤周作）
29日： 豊子忌（山崎豊子）

10月 神無月（かんなづき／かみなしづき）

3日： 蛇笏忌／山廬忌（飯田蛇笏）
4日： 素十忌／金風忌（高野素十）
9日： 泣菫忌（薄田泣菫）
10日： 素逝忌（長谷川素逝）
11日： 一草忌（種田山頭火）
12日： 東門居忌（永井龍男）
12日： 芭蕉忌／時雨忌／桃青忌／翁忌（松尾芭蕉・旧暦）※
15日： 葱南忌（木下杢太郎）
21日： 直哉忌（志賀直哉）
22日： 中也忌（中原中也）
26日： 茶の花忌（八木重吉）
26日： 年尾忌（高濱年尾）
27日： 源義忌／秋燕忌（角川源義）
30日： 紅葉忌（尾崎紅葉）
30日： 蟻君忌（藤本義一）

冬

立冬～立冬の前日まで

資料❸ おもな俳句関連団体

○現代俳句協会

東京都千代田区外神田6-5-4　偕楽ビル7階
電話：03-3839-8190
URL：https://gendaihaiku.gr.jp/　＊全国に地区組織あり

○全国俳誌協会

千葉県野田市宮崎95-4　俳句図書館鳴弦文庫内
電話：0471-22-3921
URL：http://www.zenkokuhaishi.org/

○新俳句人連盟

東京都北区王子本町1-28-14
電話：03-3909-1189
URL：https://sites.google.com/haikujin-since1946.com/home/

○公益社団法人 俳人協会

東京都新宿区百人町3-28-10　俳句文学館内
電話：03-3367-6621
大阪市西区新町1-6-22　新町新興産ビル3階
電話：06-6541-0432
URL：https://www.haijinkyokai.jp/

○公益社団法人 日本伝統俳句協会

東京都渋谷区笹塚2-18-9　シャンブル笹塚II B101
電話：03-3454-5191
URL：http://haiku.jp/

○国際俳句交流協会（HIA）

東京都新宿区市谷田町2-7　東ビル7階
電話：03-5228-9004
URL：http://www.haiku-hia.com/

小倉一郎（おぐら　いちろう）
俳優・俳人。1951年10月29日東京生まれ。幼年期は、鹿児島県薩摩郡下甑島手打で過ごし、58年に東京へ。東映児童演劇研修所を経て、俳優の道に進む。64年、石原裕次郎主演の映画「敗れざるもの」(日活、松尾昭典監督)で本格デビュー。以後、数多くの映画やドラマ、舞台に出演。近年は、YouTubeの「名作朗読チャンネルBun-Gei」での独り語りや、仲雅美、江藤潤、三ツ木清隆と4人組の音楽ユニット「フォネオリゾーン」を結成し、CDデビューを果たすなど新たな活躍の場を広げている。マルチな趣味人としても知られ、ギター演奏、作詞・作曲(ペンネームは秋山啓之介)、篆刻、墨絵、書などをたしなむ。「人生そのもの」という俳句歴は20年以上。俳号は蒼蛙(そうあ：脚本家の早坂暁氏による命名)。NHK「ひるまえほっと」の俳句コーナーやカルチャースクールなどで講師を務め、指導者としてのキャリアも積んでいる。句集に『俳・俳』『俳だらけ』『俳彩』、エッセイ集に『みんな、いい人』『僕の日記帳(続・みんな、いい人)』がある。

小倉一郎《おぐらいちろう》の〔ゆるりとたのしむ〕俳句入門《はいくにゅうもん》

2020年 2 月 1 日　初版発行

著　者　小倉一郎

発行者　杉本淳一

発行所　株式会社日本実業出版社　東京都新宿区市谷本村町 3－29 〒162－0845
大阪市北区西天満 6－8－1 〒530－0047

編集部　☎03－3268－5651
営業部　☎03－3268－5161　振　替　00170－1－25349
https://www.njg.co.jp/

印刷／壮光舎　製本／共栄社

この本の内容についてのお問合せは、書面かFAX（03－3268－0832）にてお願い致します。
落丁・乱丁本は、送料小社負担にて、お取り替え致します。

ISBN 978-4-534-05755-6　Printed in JAPAN